Fatou Diome

O VENTRE
DO
ATLÂNTICO

Tradução de Regina Célia Domingues da Silva

© 2019 Editora Malê Todos os direitos reservados.
ISBN 978-8-59-273647-7

Editora Malê
Direção: Vagner Amaro e Francisco Jorge

Editor: Vagner Amaro
Capa: Bruno Francisco Pimentel
Editoração: Ana Paula Cunha
Revisão: Léia Coelho (1ª revisão); Andrei Ferreira (2ª revisão)

Texto revisado segundo o novo Acordo Ortográfico da Língua Portuguesa.
Proibida a reprodução, no todo, ou em parte, através de quaisquer meios.
Dados internacionais de catalogação na publicação (CIP) Vagner Amaro
CRB-7/5224

D591v Diome, Fatou
        O ventre do Atlântico / Fatou Diome; tradução de Regina Célia Domingues da Silva. – Rio de Janeiro: Malê, 2019.
        210 p.; 21 cm.

        ISBN 978-8-59-273647-7
        Tradução de Le Ventre de L'Atlantique

        1- Romance senegalês I. Silva, Regina Célia Domingues da II. Título
                                     CDD – 896.3

Índice para catálogo sistemático: Romance senegalês 896.3

Todos os direitos reservados à Malê Editora e Produtora Cultural Ltda.
www.editoramale.com.br
contato@editoramale.com.br

Cet ouvrage, publié dans le cadre du Programme d'Aide à la Publication année 2018 Carlos Drummond de Andrade de l'Institut Français du Brésil, bénéficie du soutien du Ministère de l'Europe et des Affaires étrangères.

Este livro, publicado no âmbito do Programa de Apoio à Publicação ano 2018 Carlos Drummond de Andrade do Instituto Francês do Brasil, contou com o apoio do Ministério francês da Europa e das Relações Exteriores.

Cet ouvrage a bénéficié du soutien des Programmes d'aides à la publication de l'Institut Français.

Este livro contou com o apoio à publicação do Institut Français.

Agradecimentos

*Agradeço ao Centre National du Livre
pela atenção e pelo apoio*

Aos meus avós, meus faróis.

À Bineta Sarr, minha mãe, minha irmã da África.
Agora imagino você, finalmente descansada,
tomando chá com Mahomet e Simone de Beauvoir.
Deposito aqui uma coroa de palavras,
para que a minha liberdade seja sua.

O VENTRE DO ATLÂNTICO

1ª reimpressão

1

Ele corre, desarma o adversário, dribla, ataca, cai, levanta e corre de novo. Mais rápido! Mas o vento mudou de direção: agora a bola está apontada para a virilha de Toldo, o goleiro italiano. Ai! Meu Deus, faça alguma coisa! Não estou gritando com o Senhor, estou implorando. Se o Senhor é o Todo-Poderoso, faça alguma coisa! Ah! Lá vem Maldini, tricotando o gramado com as pernas.

Na frente da televisão, pulo do sofá e mando um chute violento. Ai, a mesa! Queria poder correr com a bola, ajudar Maldini a recuperá-la, escoltá-lo enquanto cruzasse metade do campo para colocá-la no fundo da rede do adversário. Mas meu chute só serviu mesmo para entornar o chá frio no carpete. Nesse exato momento, imagino os italianos tensos, tão rijos quanto os fósseis humanos de Pompeia. Até hoje não consigo entender por que eles apertam o traseiro quando a bola se aproxima do gol.

— Maldini! Nossa! Que grande defesa de Maldini que passa para o goleiro! Lançamento de Toldo! Mas que talento, esse Maldini! É um jogador espetacular! No entanto, continua fiel ao Milan. Já vestiu a camisa da seleção da Itália cem vezes! É impressionante! O pai, Cesare, também foi um grande jogador de futebol. Definitivamente, é uma família de craques!

O locutor bem que gostaria de ter feito um poema em exaltação a Maldini, mas, no calor da narração, só conseguiu rimar pontos de exclamação.

Por que estou contando tudo isso? Por que adoro futebol? Nem tanto assim. Então, por quê? Estou apaixonada por Maldini? Eu não! Não sou tão louca a esse ponto. Essas estrelas não me fascinam e não fico com dor no pescoço olhando para as estrelas do céu. Desde muito cedo, minha avó já me ensinava como colher as estrelas: basta colocar uma tigela com água no meio do quintal à noite para tê-las a seus pés. E, como você pode ver, basta uma pequena vasilha no canto de um jardim para ver vinte e duas estrelas, incluindo Maldini, dando voltas no gramado como ratos num labirinto.Então, já que não estou escrevendo uma carta de amor ao Maldini, por que estou contando tudo isso a você? Bem, porque nem todo vírus nos adoece a ponto de irmos para o hospital. Existem alguns que se contentam em agir em nós, como um vírus de computador, e esse *bug* mental existe, sim.

Dia 29 de junho de 2000 e estou assistindo ao Campeonato Europeu de Futebol. Itália e Holanda se enfrentam nas semifinais. Meus olhos estão fixos na televisão, enquanto meu coração contempla outros horizontes.

Por lá, há séculos as pessoas estão agarradas a um pedaço de terra, na ilha de Niodior. Grudadas na gengiva do Atlântico, como restos de comida, esperam, resignadas, que a próxima onda lhes tire ou salve a vida. Esse pensamento me invade cada vez que, ao refazer o caminho inverso, minha memória avista o minarete da mesquita, congelado em suas certezas, e os coqueiros que balançam a cabeleira numa dança pagã indolente, cujo significado já não se sabe mais. Será uma daquelas danças fúnebres de antigamente que festejavam o reencontro de nossos mortos com nossos avós? Ou aquela outra, repetida constantemente, na celebração dos casamentos depois de cada colheita, no final da invernada? Ou, ainda, um terceiro tipo de dança desencadeada pelas tempestades quando — assim contam — os coqueiros imitam o movimento de recusa das meninas ao serem oferecidas em casamento a homens de quem não gostam? A quarta dança continua sendo a mais misteriosa, é o tango onírico, quando cada pessoa dança à sua maneira, com passos indecifráveis e significados emblemáticos.

Faz uns dez anos que deixei a sombra dos coqueiros. Ao pisarem contra o asfalto, meus pés aprisionados recordam-se da antiga liberdade, da carícia da areia quente, dos cortes provocados pelas conchas e de algumas espetadelas de espinhos que aconteceram só para lembrar que há vida inclusive nas extremidades esquecidas do corpo. Pés modelados, marcados pelo chão de terra africano. Piso o solo europeu. Um passo de cada vez; é sempre o mesmo movimento feito por todos os seres humanos em todo o planeta.

No entanto, sei que minha caminhada ocidental não tem nada a ver com a que me fez descobrir ruelas, praias, veredas e campos da minha terra natal. Em todos os lugares, caminhamos, mas nunca em direção ao mesmo horizonte. Na África, segui a esteira do destino, feito do acaso e de uma esperança infinita. Na Europa, caminho pelo longo túnel do desempenho que leva a objetivos bem definidos. Aqui, o acaso não tem espaço, cada passo leva a um resultado esperado; a esperança é medida pelo grau de combatividade. No mundo Tecnicolor, caminha-se de maneira diferente, em direção a um destino interiorizado, que definimos para nós mesmos apesar de nós mesmos, sem nunca percebermos, porque estamos comprimidos no meio da multidão moderna, presos pelo rolo compressor social pronto para esmagar todos aqueles que tentam parar no acostamento. Então, faça chuva ou faça um inesperado sol, vou avançando sob o céu da Europa, contando meus passos e os pequenos metros de sonho conquistados. Mas quantos quilômetros de dias de trabalho, de noites de insônia ainda me separam de um hipotético sucesso que, por outro lado, era algo dado como certo para o meu povo, desde o instante em que comuniquei minha partida para a França? Vou avançando, meus passos cheios de sonhos, a cabeça cheia dos meus. Vou avançando sem saber meu destino. Ignoro em que mastro devemos hastear a bandeira da vitória, assim como ignoro que aguaceiros são capazes de lavar a mancha do fracasso. Toc toc! Não durma, minha cabeça está borbulhando! Mais lenha! É preciso alimentar o fogo. Escrever é meu caldeirão de bruxa e durante a noite cozinho os sonhos mais difíceis de preparar.

O som da televisão me tira do meu devaneio. Sempre que os repórteres chamam o nome de Maldini, aparece um rosto na tela. A alguns milhares de quilômetros da minha sala de estar, no outro lado da Terra, no Senegal, lá longe, nessa ilha cujo tamanho mal consegue comportar um estádio, imagino um jovem grudado na frente de uma televisão improvisada acompanhando o mesmo jogo que eu. Sinto-o próximo a mim. Nossos olhos se cruzam sobre as mesmas imagens. Batimentos cardíacos, respiração, gestos de alegria ou de desespero, todos os nossos sinais emocionais estão sincronizados durante todo o jogo, porque corremos atrás do mesmo homem: Paolo Maldini.

Então, lá no fim do mundo, posso imaginar um jovem agitado, num tapete ou banco arcaico, diante de uma velha televisão que, apesar de chiar, consegue atrair em torno dela a mesma quantidade de público que uma sala de cinema. Generoso, o dono da única televisão do bairro a instala no quintal e todos os vizinhos correm para lá sem aviso prévio. A casa está aberta a todos. Sexo, idade e número de espectadores variam de acordo com o programa. Nessa tarde de 29 de junho de 2000, as condições climáticas estão favoráveis, céu totalmente azul, a TV não está chiando, nem mesmo quando o dono tem de dar uns socos nela para conseguir ligá-la. Os olhos que estão grudados nela têm o frescor da inocência. Jovens na flor da idade, com corpos esculpidos por longos anos correndo atrás de bolas feitas de trapos, depois bolas de futebol inesperadas, movimentam-se e se compactam, deixando escorrer pela fronte lisa um excedente de energia liquefeita. Com olhar agudo, vão fazendo os prognósticos.

Um deles permanece em silêncio, focado nas imagens. Peito projetado para a tela, olhos se esgueirando entre as cabeças. Mandíbulas cerradas, apenas os poucos movimentos desordenados que lhe escapam revelam a paixão que há nele. No primeiro ataque de Maldini, num reflexo, o pé do rapaz levanta a bunda do menino que estava de cócoras na frente dele. A vítima se vira furiosa, mas, ao ver o rosto absorto do autor do golpe, não descarta nenhuma desculpa e procura outro lugar mais afastado. "Não se pisa duas vezes no saco de um homem cego", diz o ditado, uma vez é suficiente para que ele recolha sua mercadoria assim que percebe que passos se aproximam. O garoto só chegou a bunda um pouco para o lado porque a partida mal tinha começado e as jogadas emocionantes ainda estavam por vir. Mas o calor do jogo levava os times a cometerem loucuras: cartão vermelho mostrado para Zambrota, o número 17 italiano. Aí, foi demais para o garoto. Enlouquecido, tal como Dino Zoff, o treinador italiano, ele se levanta e resmunga alguma coisa que não teria agradado ao árbitro. Você vai entender. Esse rapaz torce pelo time italiano e eu proíbo você de torcer por outro time em respeito a ele. A falta de sorte persiste: cartão amarelo para Francesco Toldo, o goleiro italiano, que acaba de segurar o número 9 na Holanda. O jovem levanta-se, põe as mãos na cabeça, já sabendo que aquela penalidade não tardaria a ser aplicada: pênalti contra a Itália.

Meu Deus! Faça alguma coisa! Quer que eu pare de gritar? Não. O Senhor não está entendendo! Isso não tem importância? Mas é claro que tem! Sim, eu sei! Não se trata de uma Hiroshima na Itália. Se fosse só isso, eu nem me importava, mas o Senhor não vê que eles podem marcar um gol e isso vai dilacerar o coração de Madické! Quem é Madické? Quem é Madické? Desculpe, mas não tenho tempo para explicar! Um pênalti não é exatamente uma pausa para o cafezinho. É tão rápido que o jogador não tem tempo nem de peidar! E aí? O Senhor vai se mexer? E as orações? E o ramadã? O Senhor acha que eu faço tudo isso para quê?

Ah, Toldo! O goleiro italiano agarra. Madické manda uma bomba que dessa vez encontra o caminho livre. Ufa! Evitamos o pior. Um longo suspiro estufa-lhe o peito, ele fica mais tranquilo, o rosto se ilumina com um sorriso efêmero, como eu já sabia. E segue o jogo.

A cada falta dos italianos, ele posta as mãos como em oração. Pouco antes do intervalo, Maldini contesta as decisões do árbitro e recebe um cartão amarelo como recompensa. O sorriso de Madické se desfaz, pois sabe que um segundo cartão amarelo equivale a um vermelho e seu ídolo seria expulso de campo. Preocupado, comprime a cabeça entre as mãos: não gostaria de ver seu herói condenado ao banco dos reservas. Queria falar com Maldini, explicar-lhe todas as jogadas que tem em mente e as táticas que idealizou dali do banco onde estava sentado. Queria até mesmo emprestar-lhe as pernas para que ele pudesse ter um par sobressalente, se não pudesse jogar ao seu lado. Mas dali, daquele banco, com os pés enterrados numa areia branca e escaldante, quantos quilômetros de sonho o separam das marcas de lama que Maldini vai deixar no vestiário no intervalo?

Transformando seu desespero em interlocução, ulula umas frases que ficam suspensas no topo dos coqueiros de Niodior e nunca chegam aos ouvidos de Maldini. Dedicada, sou sua mensageira: Madické e eu temos a mesma mãe; quem só sabe dar cinquenta por cento do seu amor dirá a você que ele é meu meio-irmão, mas para mim é meu irmão mais novo, simples assim.

Então, diga a Maldini que é duro vê-lo receber cartões amarelos ou vermelhos, meu coração não aguenta. Diga-lhe para se resguardar, manter as costelas intactas, não levar uma bolada no nariz, não deixar o adversário acertar-lhe as pernas. Diga-lhe que meus gemidos são pelos golpes que ele recebe. Diga-lhe que sua respiração quente está queimando meus pulmões. Diga-lhe que seus ferimentos me doem e trago as marcas em mim. Diga-lhe principalmente que o vi, em Niodior, correndo na areia quente, atrás de uma bolha de um sonho. Porque um dia, num terreno baldio, meu irmão se tornou Maldini. Então fale a Maldini do corpo forte de lutador, dos olhos negros, do cabelo crespo, do lindo sorriso e dentes brancos. Esse Maldini é meu irmãozinho tragado pelo próprio sonho.

O árbitro apita. Fim do primeiro tempo. Os jovens espectadores dirigem-se para a árvore em frente da casa, só para esticar as pernas, mas também para a discussão acalorada sem perturbar o anfitrião. Apenas Madické permanece na entrada da casa. Por nada neste mundo ele perderia o segundo tempo. Na TV, nada além de publicidade. A Coca-Cola, sem constrangimento, só faz aumentar seu faturamento até mesmo nesses países... onde a água potável continua sendo um luxo. Acima de tudo, não tenham medo, a Coca-Cola vai cultivar trigo no Sahel! Atraídos pela TV, um bando de meninos raquíticos, de sete a dez anos de idade, com os únicos brinquedos que possuíam, uns pedaços de pau e umas latas de conserva recolhidos na rua, riem muito ao ver a sugestiva cena da propaganda: um garoto se aproxima de um grupo de garotas que parecem ignorá-lo; ele dá uma Coca à mais bonita e faz-lhe um convite; ela, depois de tomar um gole refrescante, generosamente oferece-lhe a cintura, ele a abraça e saem juntos, sorrindo. As crianças caem na gargalhada. Um deles pergunta ao do lado:

— O que ele vai fazer com ela?

Os outros zombam. O que aparecia ser o líder do grupo responde dando-lhe uma cutucada:

— Você é burro, é? Ele vai comer ela.

Incentivado por seu líder, outro garoto continua:

— Vão dar uma festa atrás da minha casa, vi meu irmão mais velho e amigos trazerem caixas de Coca, ih, ih, ih! As garotas vão ver só o que eles vão dar para elas! Ih, ih, ih!

A risadaria começa novamente ainda mais alta. Agora é a vez de a Miko aguçar o apetite deles. Uma supercasquinha de sorvete, em cores cintilantes, toma toda a tela. Em seguida, aparece uma criança bem rechonchuda, lambendo vorazmente um sorvete enorme. Uns ronronados de inveja substituem as papagaiadas de alguns momentos atrás: "Hum! Ahn! Huuuummm! Que delícia! Hum!", faziam em coro. Essas crianças só conhecem sorvete por foto. É um alimento que, para elas, continua sendo virtual, consumido unicamente lá, do outro lado do Atlântico, naquele paraíso onde o gorduchinho da propaganda teve a feliz ideia de nascer. No entanto, elas gostam tanto desse sorvete que memorizaram os horários em que a publicidade é veiculada. Entoam e repetem a palavra Miko como os crentes salmodiam o livro sagrado. Esperam por esse sorvete como os muçulmanos esperam pelo paraíso de Maomé, e vão para lá para aguardá-lo como os cristãos aguardam o retorno de Cristo. Inventaram ícones para a casquinha de sorvete Miko: cortaram grosseiramente uns pedaços de pau na forma de sorvete e depois pintaram a giz vermelho e amarelo como representação do quanto é delicioso. E agora ficam dando cheiradinhas nesses pedaços de pau enquanto saboreiam o anúncio. Sonho com uma piscina inteira de Miko para essas crianças, construída em nome do prazer e não do lucro. Elas sonham em tomar gulosamente esse sorvete, assim como Madické sonha em apertar a mão de Maldini.

A propaganda vai chegando ao fim. Os jovens que faziam prognósticos sob a árvore se juntaram novamente diante da televisão e enxotaram os garotos, barulhentos demais para o gosto deles. Por aqui, não se brinca com a prioridade. Um velho pescador, ainda forte e em andrajos, acomodou-se confortavelmente bem na frente de Madické, que o identifica pelo cheiro de peixe que lhe invade as narinas. Os cumprimentos são educados, porém breves. O odor é fétido, mas o respeito impõe calar o bico. Madické fica quieto. Sabe que aqui as dezenas de anos acumulados são um trunfo usado como desculpa para qualquer coisa. Terá de suportar esse fóssil em putrefação durante todo o segundo tempo. Daí que se concentra e se imagina lá, onde o jogo está sendo realizado, longe do velho pescador.

Aparece novamente o estádio. Os jogadores ainda não saíram do vestiário, mas os repórteres já estão aquecendo a garganta com frases onde o nome de Maldini é repetido várias vezes. O que será que estão dizendo sobre ele? — se pergunta Madické. Concentra a atenção ao máximo, mas fica difícil de ouvir com vizinhos que comentam o jogo como se fossem grandes técnicos. Aproxima-se da imagem tremida, coloca a mão em concha atrás da orelha, como que para se isolar melhor do grupo, e consegue escutar de novo. A voz dos repórteres está um pouco mais audível, mas a língua que falam ronda seus ouvidos sem penetrar neles de fato. Que coisa mais irritante! E ainda por cima esse cheiro cada vez mais forte... Só o nome de Maldini é que se consegue entender claramente uma vez ou outra. Mas, pelo amor de Deus, o que esses babacas estão dizendo sobre ele?

É uma língua que já ouviu e até viu. Sim, a viu no seu país. Essa língua usa calça, terno, gravata e sapato fechado; ou então saia, terninho, óculos e salto alto. Sim, ele pode reconhecer a língua que flui nos escritórios senegaleses, mas não consegue entendê-la e isso o irrita. O jogo recomeça.

O primeiro lance livre é a favor dos italianos para o deleite de Madické. Recuperaram-se, ele pensa, e isso o tranquiliza. Mas logo em seguida o otimismo não se confirma. Os holandeses não esmorecem, defendem a baliza como uma freira defende a xoxota. Os italianos vão ter de reagir a isso. A divina batalha travada no gramado pede nervos de aço e não é fácil mantê-los intactos durante noventa minutos. Em especial nesses momentos finais do jogo, quando todas as jogadas são determinantes. Madické transpira, faz calor, e ademais aquele cheiro de peixe começa a embrulhar-lhe o estômago.

O árbitro apita o fim do tempo regulamentar, os guerreiros terão que esperar pela prorrogação para voltar ao combate. Apesar de a ânsia pela glória os manter de pé, os semblantes exaustos imploram pelo descanso. Qual mãe protetora, irmã apiedada, esposa dedicada, gostaria de dar-lhes algo para beber, enxugar seus rostos, curar-lhes as feridas e fazer-lhes um afago. Gostaria de dizer-lhes que a insatisfação com o escore da partida é como a vida: os maiores êxitos são sempre os que estão por vir, o doloroso é esperar por eles.

Cobertos de lama e com o suor escorrendo, os jogadores retornam ao vestiário, desanimados, destruídos por tamanho esforço infrutífero.

Pausa antes da prorrogação. O grupo de jovens espectadores que permaneceu em frente à televisão se anima. A partida vai frustrando as previsões. Os mais nervosos impõem a opinião gesticulando. A música da propaganda ressoa. As crianças de antes voltam correndo, o velho pescador procura uma discussão para passar o tempo. Com um sorriso provocador, ele bate no ombro de Madické e diz, alisando a barba:

— Êh, êh! Maldini, o que está acontecendo? Hoje você não segura, não, hein! O adversário é muito forte.

Madické olha para o homem antes de mirar o crepúsculo no horizonte. O silêncio tem o poder de desarmar as pessoas. O conhecimento também. Inspirado, o velho não se entrega. Faz pose de culto, acaricia a barba novamente e cita um provérbio que ele próprio acabou de criar:

— Sabia, Maldini, que a grandiosidade do obstáculo vencido torna o êxito ainda mais espetacular? A qualidade da vitória é medida pelo valor do oponente. Um homem nunca será herói porque venceu um covarde.

Essas elucubrações não trazem nenhum conforto para Madické. Já conhece essa filosofia jurássica, esse palavreado exótico, mil vezes inventado que os ocidentais introjetam em nós para nos separar com mais eficiência. Vai para porra com esses provérbios improvisados. Será que o velho pescador não sabia que o inverso também é verdadeiro? Que um homem nunca será herói porque perdeu diante de um oponente corajoso?

O sol parecia fugir dos questionamentos dos humanos e ameaçava precipitar-se no Atlântico. O céu, inflamado pelas paixões, parecia mais baixo que o normal, deixando um facho de luz arruivada que se derramava pelo topo dos coqueiros. Misericordiosa, a brisa do mar, quase imperceptível, tocava de leve a pele. Apenas algumas mulheres, atrasadas para as tarefas domésticas, quando retornavam do poço notaram o leve vento vespertino que se precipitava para debaixo dos panos para acariciá-las onde o sol nunca alcança. Mulheres tão dedicadas quanto aquelas que ousaram perturbar a calma recente do vilarejo da última vez que socaram pilão. Tuc! Tuc! Rakkasse! Kamasse! Pong! Essa batida repetitiva e distante ecoava profundamente no coração de Madické. Escutou-a durante toda a vida, por isso a reconhece e inclusive sabe decodificá-la: sempre antecede ao chamado do muezim e ao canto da coruja. Para todos os ilhéus ela tornou-se a música que prenuncia a noite. Mas nesse universo de superstição, também soa como a hora dos espíritos maléficos e a passagem para as trevas dos medos ancestrais.

Quando pequeno, ao ouvir a batida do pilão, Madické, assim como seus companheiros, deixava de brincar nos *playgrounds* improvisados e corria para perto da nossa mãe. Sabia exatamente onde encontrá-la: nessa hora sempre estava na cozinha, no fundo do quintal, ocupada cuidando do jantar ou batendo um punhado de milho para o mingau com leite coalhado do dia seguinte. Se, por um acaso infeliz, não a encontrasse, para evitar o medo das sombras que rastejavam no lado de fora, pegava seu banquinho e sentava-se na cozinha em frente ao fogo. Impaciente, enganava o tédio alimentando o fogo com lenha e se maravilhava com o bailado das chamas até que ouvia uma voz se fingindo autoritária.

— Ei! Pare, Madické! Olha o braseiro que você fez! Você vai queimar o jantar.

O tempo passara, a atmosfera sorrateira do crepúsculo continuava a levá-lo a buscar saias que o tranquilizassem, mas que já não eram mais a barra da saia de sua mãe. Porém, em 29 de junho de 2000, nem a mais bela das náiades teria sabido capturar seu olhar.

A espetacular cortina da publicidade se abre. As crianças se dispersam com as últimas notas da música favorita: Miko! Miko! O pátio, mergulhado na escuridão, mais parece um cemitério marinho. O rosto dos espectadores é iluminado apenas pelo débil facho de luz azulada que emana da antiga televisão. O silêncio convida ao recolhimento. O muezim esgoela-se em vão. Depois é só beber um chá de hortelã! Vai fazer bem a ele! O estádio reaparece, os fiéis aclamam seus deuses. O velho pescador pigarreia ruidosamente, sacode o braço do vizinho e avisa em tom de confidência:

— Maldini, meu filho, chegou a hora da verdade.

Madické esboça um sorriso apagado, antes de tirar o braço, na sequência da falta de Jaap Stam, jogador holandês.

— Cartão vermelho! — grita.

Mas o árbitro se contenta com o amarelo.

— Droga, ele merece um cartão vermelho! Esse árbitro é um bom f...

Não terminou a frase: ninguém sabe onde a raiva pode parar. Os holandeses estão focados. São cada vez mais ousados. Aron Winter se impõe e consegue um *corner*. São oitenta e quatro convocações e isso dá experiência a qualquer um, em especial para trapacear. Seedorf se apresenta para bater o escanteio. Delvecchio parte e prova à mãe que o leite dela era forte: com certeza, ela amamentou um herói capaz de aliviar toda a nação italiana. Mas as mães holandesas fizeram o mesmo, e seus filhos, que querem deixá-las orgulhosas, voltam ao ataque. Cannavaro bloqueia e limpa, Maldini dá um *sprint*, Madické decola do banco, vendo-se atrás dele:

— Vamos! Vai! Vai fundo! Vai! — grita quase arrebentando as cordas vocais.

Everything you want you've got it!

Um primo que havia sido deportado dos EUA não parava de ouvir essa música e a traduzia para quem quisesse ouvir: *Tudo o que você quiser, você consegue.* Madické começa a ter dúvidas, e com razão, aliás.

Os dois períodos da prorrogação permanecem sem gols e agora a disputa por pênaltis é inevitável. Madické sabe disso. O coração dispara dentro do peito. Coloca a mão sobre ele, mas não há o que fazer. A palpitação aumenta cada vez mais.

A anfitriã convida a todos para o jantar. Aqui, a refeição não é reservada apenas aos que moram na casa, todos os que estiverem por lá, no momento em que é servida, têm direito a ela e se sentem naturalmente convidados a compartilhá-la. Uma menina traz uma pequena cabaça cheia d'água, para que cada um lave as mãos, enquanto a mãe arruma uma série de tigelas fumegantes no meio do quintal. O velho pescador lava as mãos enormes sumariamente e, sem ser convidado, junta-se ao chefe da família. Começa a falar que a pesca dos últimos dias tinha sido desfavorável, vai se sentando de pernas cruzadas num tapete e passa a elogiar o trabalho da dona de casa. Hum! Um *talalé* rescendendo à especiaria, uma refeição digna de um rei! Claro, nada como as mulheres daqui para fazer um cuscuz de peixe tão delicioso!

O estômago de Madické está embrulhado. Ele dá como desculpa um almoço tardio para recusar educadamente o convite. Além disso, ao contrário da geração mais velha, ele acha constrangedor compartilhar a refeição dos outros em circunstâncias aleatórias. Sem essa partida que se arrastava, ele teria conseguido sair antes da hora do jantar. Enquanto alguns juntavam as fatias de cuscuz e elogiavam o cozinheiro para justificar sua ganância, ele saboreava a calma que era criada diante da televisão.

— Maravilha! — disse para si mesmo —, vou poder ver a série de tiros a gol em paz.

Mas o tempo decidiu o contrário. Mal terminou a frase, uma

série de relâmpagos rasgou o céu. Um violento tornado fez os galhos dos coqueiros girarem. A areia branca, que é o orgulho dos ilhéus, tornou-se o pior inimigo, um redemoinho açoitava a pele e carregava tudo pelo caminho. Os convidados prontamente saíram das esteiras que ou foram parar contra a cerca, ou ficaram girando sobre a cabeça deles. Então, começaram a cair gotas enormes: uma dessas primeiras chuvas de junho, muitas vezes breves, mas acima de tudo imprevisíveis, que anunciam aos sahelianos o início da invernada e a hora de cultivar o campo.

Madické não esperou que as primeiras gotas de água molhassem o antigo aparelho e o levou para a sala de estar, mas foi perda de tempo. Desde os primeiros relâmpagos, a TV piscava e depois de emitir um último bipe, se apagou abruptamente. Ele não queria pensar no pior: esse bipe não era um último suspiro, essa TV não poderia ter desistido. Dizia a si mesmo que era um capricho da eletricidade, apenas um choque, uma espécie de ataque cardíaco causado pela violência do raio. Na sala de estar, tentou sozinho uma longa ressuscitação, sem sucesso. Foi preciso ouvir o veredito do dono para resolver abandonar o doente:

— Acho que pifou de vez, não há nada a fazer, ela nunca gostou da estação das chuvas. No ano passado, também deu um treco no primeiro raio, felizmente consegui fazê-la funcionar. Pela primeira vez, acho que não tem mais volta.

Com a mão apoiada na televisão, o homem sorria enquanto falava. Madické deu uma rápida olhada para dentro da sala de estar e viu, com tristeza, que a cobrança dos pênaltis também havia terminado. Despediu-se educadamente das pessoas e saiu.

2

Lá fora, a chuva deixara sua frescura para os vivos; os coqueiros, quase imóveis como acontece depois de cada tornado, vigiavam os galhos que cobriam o chão. A areia não se infiltrava mais nas sandálias; estava molhada e oferecia uma superfície arredondada a cada passo, e se poderia achar que ela é dócil se não tivesse se revelado delatora: era fácil seguir as pegadas profundas que iam em direção ao telecentro. Enquanto caminhava, Madické lembrou-se do sorriso do dono da TV. Reação tardia: "A TV dele está quebrada e ele ri. Que cara mais esquisito. Deve ter ficado feliz em finalmente nos ver pelas costas?"

É possível que Madické tivesse razão, mas esse não foi o único motivo. Na verdade, aquele homem não se importava muito com a televisão. Assim como o Rolex contrabandeado, que ele não sabia ajustar, como os móveis de couro da sala de estar, que sempre mantém cobertos por um tecido de algodão branco, como o *freezer* e a geladeira, trancados à chave, como sua terceira esposa, eclipsada pela quarta, que ele só notava à noite, quando a rotatividade conjugal o obrigava a fazê-lo; a televisão ficava lá, na sua casa enorme, como símbolo do seu sucesso.

Nativo da ilha, criado à base de cuscuz feito pela mãe e indignado com a pobreza do pai, usara pela primeira vez seus músculos protuberantes no fundo dos porões que esvaziava no porto de Dakar. A dificuldade do trabalho não abalou sua determinação: a pobreza é a face visível do inferno, é melhor morrer do que continuar pobre, dizia. Para estimulá-lo, ou melhor, levá-lo ao suicídio, a voz cansada, mas indelével, do pai ecoava na lembrança: *Nunca se esqueça: cada partícula de vida tem de servir para conquistar a dignidade!*

Viu alguns de seus amigos voltarem para o povoado dentro de uma caixa cheia de gelo, mortos pelo tétano, por um vazamento de amônia, ou esmagados sob algumas toneladas de arroz, mas ele se manteve firme. Então, um dia os pais pediram ao professor que lesse uma carta que chegara da França.

Hein? Nosso filho está na França! — exclamou a mãe, sob o olhar divertido do professor.

Hã, hã! *Allah Akbar!* Deus é grande! *Alhamdoulilah!* Obrigado, meu Deus — disse o pai, três vezes, com mais discrição.

Graças às eventuais remessas enviadas pelo filho, sua vida foi mudando pouco a pouco, mas rápido o suficiente para que se notasse. Endividavam-se cada vez menos na mercearia, cujo dono passou a lançar-lhes largos sorrisos e passava mais tempo conversando trivialidades. A cada dois anos, o filho voltava para passar um mês inteiro do verão. Distribuía algumas notas de dinheiro e umas bugigangas *made in France* que ninguém jamais trocaria por um bloco de esmeralda. Com os produtos comprados em Barbès, aqui você ganha ares de importância, e isso não tem preço!

No fim da segunda viagem de férias, o homem de Barbès casou-se com a jovem camponesa que os pais haviam escolhido para ele. Não era a primeira que escolhiam, mas teve de contentar-se com essa. Havia passado dois longos anos na França e, antes de dar a notícia de que voltaria pela segunda vez, a primeira prometida já havia desistido de esperá-lo. Não teve paciência. Chamava-se Sankèle, sua beleza deixava os ilhéus arrepiados, sua voz arrancava lágrimas das viúvas dos pescadores, mas nunca entoou um dos cânticos de lamentação com os quais as mulheres da ilha invocam as divindades em súplicas para trazer de volta o amado aventureiro.

Apesar da educação tradicional, que tentava moldá-la como manteiga de karité, Sankèle crescera com asas de pelicano sedento por ganhar os céus. O sorriso era tímido e os olhos fugidios, mas tinha coragem e ousadia. Da mãe herdou os traços, mas não a visão de mundo. Sobre o amor, criou uma concepção bastante pessoal. O que esperar de um homem que está lá no fim do mundo, além das noites de viuvez e dezenas de rugas a cada vez que retorna? Guiada por suas próprias leis, a bela Sankèle cometera um pecado, os sogros choraram por conta da desonra, viraram-lhe as costas e reservaram uma ovelha menos festeira para imolar quando do retorno do filho pródigo. Esse, por sua vez, apesar de iletrado, começou a falar com o r à francesa. Sabia que essa moça não concordaria de imediato com uma felação ou uma cunilíngua, mas isso não tem importância, era de boa família e treinada para ser uma esposa submissa; com o tempo, acabaria por moldá-la como quisesse. Por enquanto, só queria provar que continuava sendo o mesmo filho respeitoso da tradição. Não perguntou que fim levou a primeira noiva. Sem dúvida que os velhos tinham decidido pelo melhor, com pleno conhecimento de causa. Não tinha tempo a perder. A mãe era muito velha e uma esposa jovem a ajudaria em casa. Sem falar que sairia mais barato do que uma empregada. Era pelos pais que fazia esse sacrifício e consolava-se dizendo para si próprio que poderia casar-se mais tarde com uma mulher de sua escolha, uma moça refinada, que usasse maquiagem. Futuramente, tinha certeza disso, conseguiria uma daquelas que compram calcinhas de renda e se encaixam numa roupa com etiqueta Yves Saint Laurent *made in Taiwan*. Quando se vem da França, você pode casar-se com quem quiser e ele sabia disso. Por outro lado, ninguém poderia gabar-se de saber qual o tipo de trabalho que fazia na França. Quando chegou, contentavam-se em admirar o poder de compra dele, que era gigantesco em comparação com a média da ilha. Pelo menos, podia se dar ao luxo de trocar o eterno peixe com arroz por um delicioso ensopado de frango.

Na terceira viagem de férias, começou a construir sua imponente residência. Na noite em que a primeira pedra foi assentada, seu pai, que presidira as bênçãos, morreu. Excesso de felicidade? Infarto? A enfermeira não estava lá para dizer. Como o amávamos demais para deixar sua alma vagar por longo tempo entre dois mundos, tivemos de enterrá-lo rapidamente antes de irmos nos empanturrar com a refeição suculenta oferecida pelo filho no funeral. A viúva ficou reclusa, e foram observados três dias de luto, pontuados pela lamentação das carpideiras e pelos chamados para as refeições. Depois de honrar a memória do pai a grandes expensas, o turista retomou os trabalhos.

Cada partícula de vida tem de servir para conquistar a dignidade!

Essa casa iria assegurar-lhe para sempre o respeito e a admiração dos moradores do povoado. O grosso da construção ficou pronto quando, lá em Barbès, vendeu os vários presentes que recebeu dos conterrâneos. Nas férias seguintes, terminou a casa, fez com que os pais se mudassem do barraco onde nasceu e tomou uma segunda esposa, um pouco mais moderna que a primeira. Trabalhara como empregada doméstica na casa de uns burgueses da capital, cujas maneiras e modo de falar aprendeu a imitar. Pingando de suor dentro do longo vestido de *basin*, os saltos afundados na areia, revirava os olhos e intercalava uma ou outra palavra em francês quando falava. Teve só dois anos de desfrute dos privilégios de recém-eleita. Uma terceira e depois uma quarta esposa surgiram para desbancá-la do trono.

Na sétima viagem, o homem de Barbès construiu uma loja com muitos produtos, na entrada da casa, e estabeleceu-se permanentemente no vilarejo. Tornou-se o símbolo da emigração bem-sucedida, era convidado para opinar sobre tudo, faziam cara de bem-educados ao encontrá-lo, e até mesmo a areia se punha mais lisa quando passava com seu longo *boubous* engomado. Você ainda está se perguntando como ele ganhava dinheiro na França? Ouça a Rádio Sonacotra.

Madické se fazia outras perguntas quando chegou ao telecentro: "Como terá sido a série de chutes a gol? Será que Maldini foi escalado? Com certeza, ele é capitão. Será que conseguiu marcar? Será que a Itália conseguiu vencer? E por que não? Maldini, sozinho, poderia derrotar a armada holandesa."

— Boa noite, Maldini, tudo bem? Quer ligar para sua irmã? — disse a jovem, revelando todo o esplendor de seus dentes.

— Boa noite, Ndogou, — respondeu Madické, com um sobressalto.

Imerso nos próprios pensamentos, parou mecanicamente sem cumprimentá-la.

— Como vai? Não danificou nada? Estou falando do tornado de agora há pouco — acrescentou, como que pedindo desculpas.

Mas esse interesse que fingiu manifestar por Ndogou não deu conta de esconder a ansiedade. Não passou de um rodeio, uma forma inteligente de perguntar indiretamente sobre as condições do telefone: será que escapou ileso do tornado?

Levantando-se da cadeira à entrada do telecentro, Ndogou, que entendera a obliquidade das palavras, disse gentilmente:

— Tem uma pessoa usando o telefone. Assim que terminar, você pode entrar.

Ndogou, considerada uma intelectual por causa do breve período que frequentou a escola de primeiro grau, ocupa um lugar importante no povoado. É responsável pelo que chamamos aqui de *telecentro*: uma pequena sala onde o telefone, compartilhado por todos os habitantes do bairro, repousa sobre um altar próprio. As pessoas vão lá com um pedaço de papel, rabiscado com dois ou três números de telefone para ligar para alguém com quem deseja falar em troca de algumas moedas. Analfabetos em sua maioria, a ajuda da jovem é necessária para discar um número em muitas das vezes. Mas a maior parte do trabalho de Ndogou consiste em percorrer o povoado das 8h às 22h, em busca de moradores que recebem chamadas telefônicas de parentes que estão do outro lado do mundo.

— Deus a abençoe, minha filha! — falou o velho ao sair do telecentro, a barba enfiada no decote do *caftan*. — Pago a você em breve. Meu filho, o que está na Itália, prometeu enviar-me uma remessa.

A oração dos mais velhos vale mais que dinheiro, é como dizemos aqui. E se os anjos fizessem um pouco de contabilidade? Em moeda de oração, quanto custa um telefonema, uma bisnaga, um quilo de arroz, um litro de óleo, um sabonete, um par de sapatos ou uma receita médica prescrita para malária?

Ndogou assentiu, pegou a caderneta e aumentou a longa lista de contas não pagas. Cadernos como o dela existem muitos nas casas de comércio do vilarejo. A ilha está abarrotada de homens velhos que já não conseguem pescar ou cultivar a terra que possuem — outrora um celeiro, hoje floresta abandonada — e de mulheres de emigrantes cercadas de filhos que compram a crédito porque crêem numa hipotética remessa de dinheiro.

Madické começou um senta e levanta de impaciência. Ndogou deu um sorriso, fechou a caderneta, reiniciou o contador e pronunciou a frase esperada:

— Pode ir, Maldini. Desculpe, mas não posso apressar os idosos. Antes, ficavam esperando que fosse chamá-los, mas agora pegaram a mania de vir telefonar quando nem sequer têm o que...

Madické não ouviu o resto, já estava com o fone no ouvido.

Em Estrasburgo, reguei a vitória da Itália sobre a Holanda com um bule de chá bem cheio, ouvindo Yandé Codou Sène, a diva serere do Senegal, e me empanturrando de bolo. É verdade que a alegria me deu ânsia de cometer excessos, mas acima de tudo foi a voz de Yandé Codou que me foi enfeitiçando pouco a pouco e despertou em mim uma melancolia que desejei refrear a todo custo. Há músicas, canções, pratos que de repente lembram você da sua condição de exilada, ou porque estão muito próximos das suas raízes ou porque estão longe demais delas. Nesses momentos, quando quero ficar zen, passo ser a favor da globalização, porque ela produz coisas sem identidade, sem alma, coisas diluídas demais para provocar qualquer emoção em nós. A saudade é a minha sina, tenho de domá-la, tenho de guardar na gaveta de relíquias a música das minhas raízes, assim como as fotos daqueles que amo, para sempre adormecidos sob a areia quente de Niodior.

Instalada confortavelmente, me deixei ficar à deriva, zapeando, mas logo uma cena chamou minha atenção. Era um comercial cujo elenco de artistas principiantes era um bando de gente que não sabe nada sobre as lutas travadas pela dignidade das mulheres. Ao som das notas roubadas de vários compositores dos cinco continentes, exibiam os corpos anoréxicos e urravam uns versos horrorosos. Pelo amor de Deus! Onde estão Piaf, Brel, Brassens, Bárbara e Gainsbourg, que sabiam fazer as canções fluírem como fontes de água límpida até as mais longínquas veredas do Sahel? Lá, aquela doce gota de francês caía-nos no ouvido e depois na ponta da língua para nunca mais nos deixar. Nhãm, um idioma bom de comer!

Estava começando a cortar a primeira fatia do meu segundo bolo e a tomar minha terceira xícara de chá quando a campainha do telefone soou.

— Alô! Sim, sou eu, me ligue de volta para o telecentro.

— Madické? Tudo bem?

— Sim, me ligue de volta no telecentro, rápido.

00221... isso não é um número, é a parte da minha garganta onde a France Telecom está colocando a lâmina impiedosa de sua faca. França-Senegal: o preço unitário é alto para estudantes, filhos de camponeses, especialistas em faxina que se vestem na Tati, seguranças de loja que fortalecem os músculos comendo macarrão instantâneo, turistas que passeiam por Paris empoleirados em caminhões de lixo, jardineiros que cortam rosas para Madame Dupont sem jamais poder oferecê-las à esposa fértil; acho a tarifa tão indecente quanto uma surra aplicada a um moribundo. Ao inventar a francofonia, Senghor deveria ter se lembrado de que os franceses são mais ricos que a maioria dos francófonos e ter feito uma negociação para evitar que tivéssemos de pagar por essa extorsão na comunicação.

Só mesmo uma saudade avassaladora, a irresistível súplica de uma mãe que está preocupada ou um irmão impaciente para me fazer discar 00221. Tiro o fone do gancho. Ele é preto. Devia ser vermelho, da cor do sangue que tenho de dar para pagar a France Telecom.

— Alô! Madické?

— Sim, sou eu, tudo bem?

— Sim, tudo bem. Você assistiu à partida?

— Assisti, sim. Como vão os avós?

— Vão bem. Quem ganhou? Você assistiu à disputa dos pênaltis?

— Assisti. Como estão...

— Todo mundo está bem! Me conta! Quem bateu?

"Todo mundo está bem" não quer dizer nada, mas não insisto. Sei que só vou conseguir notícias da família de verdade quando fizer um relato completo da partida.

— Di Biagio foi o primeiro a bater. Você tinha de ver a cara dele. Ele olhou para a bola com tanta intensidade que parecia um matador prestes a enfrentar um touro bravo numa arena espanhola. As pessoas nas arquibancadas não conseguiam nem respirar, e aí a bola parecia uma flecha e...

— E ele fez gol? Fala! Fez?

— Fez e...

— E depois? Anda, e depois?

— Daí o capitão da Holanda bateu, mas felizmente Toldo deu um voo, parecia que tinha asas...

— Toldo pegou a bola. E depois?

— Aí um jogador da Holanda, sabe, o número...

— Não, me fale só dos jogadores italianos.

— Pessoto estava com sangue nos olhos, queria incendiar o gol dos holandeses como um raio...

— Ele marcou? Fala, marcou?

— Sim, Totti também marcou. Fez o terceiro gol. A torcida italiana com suas bandeiras, que tremulavam por todo o estádio, começava a ficar ainda mais enlouquecida, ela...

— E Maldini? Maldini bateu? Conta!

— Bateu, sim. Um capitão que honra o nome não pode deixar seus soldados irem para a linha de frente sem ele. Mesmo que tivesse dado as instruções corretamente, o próprio Maldini teria de colocá-las em prática e provar que...

— Ele marcou? Diz!

— Para de me interromper...

— Tá, me desculpe! E aí? Ele marcou?

— Não, ele errou!

— Que merda! Mas nós ganhamos? Me diz, eles ganharam?

— Se você tivesse deixado eu contar ao mesmo tempo as jogadas dos holandeses, você já estaria sabendo, mas você é tão impaciente que...

— Não importa, eles ganharam?

— Ganharam!

— De quanto? Qual foi o placar? Por favor!

— Três a um.

— Maravilha! Sabia que eles iam ganhar! Ótimo! Bem, já vou,

estão me esperando em casa. Eu e uns amigos vamos fazer um baile hoje à noite.

— Espera, como está minha avó? Ela está bem?

— Está. Não se esqueça de assistir à final, França-Itália, no dia 2 de julho, às 18 horas no Senegal, com a diferença de hora será às 20 horas na França, tchau.

— Ei! Eu não tenho só essa porra para fazer, não! — gritei, mas a única resposta que me deu foi um bipe. — Tchau, fedelho — sussurrei, antes de pôr o fone no gancho.

A história é sempre a mesma. Sou obrigada a ligar para ele, gasto tudo o que tenho contando como foram as partidas de futebol, mas é impossível me dar uma informação sequer. Só pensa no futebol dele! Qualquer dia, vou enfiar minha conta de telefone em sua boca, para ver se aprende a ouvir!

Mas estou muito feliz por ter ouvido a voz do Madické. Pelo menos sei que está bem, e se a família estivesse com algum problema sério, teria me dito. Dizem que os homens não gostam de detalhes, e ele, desde pequenininho, foi ensinado a entender que devia se comportar como homem. Aprendeu a dizer "ai!", a cerrar os dentes, a não chorar quando estivesse com dor ou com medo. Em troca da coragem que devia demonstrar em todas as situações, construíram-lhe um trono acima da cabeça das pessoas do sexo feminino. Macho, pois que orgulhoso em ser, esse autêntico *guelwaar* sabia, desde a infância, gozar de uma hegemonia principesca: roubar os raros sorrisos do pai, ganhar o maior pedaço do peixe, os melhores bolinhos de chuva feitos pela mãe, e ter a última palavra perante as fêmeas.

Coloco o telefone de volta no lugar. Sou uma feminista moderada, mas aquilo realmente era demais. A depressão me espreita. Deito-me no sofá e travo um diálogo com meus hormônios. Eles nem sempre me prestam algum serviço: não só me fazem sofrer quando estão de lua, como também é por causa deles que sou impedida de falar. Foram batizados de "submissão" sem minha permissão; não gosto dessa palavra com seus três *s*, essas constritivas que conspiram, eliminam o amor e deixam apenas o sopro dos ventos do autoritarismo. Não gosto de sub-missões, prefiro as missões reais. E também gosto muito de saltos agulha. Será que Marie vai usá-los no encontro com os homens importantes? Não faço ideia. Por outro lado, tenho certeza de que todos os grandes homens deste mundo, pelo menos uma vez na vida, já se ajoelharam para beijar os pés de uma mulher que usava salto alto. Portanto, meus hormônios femininos, eu quero vocês! Por nada neste mundo os trocaria por testículos. Além do mais, há quem os arranque para andar de peito peludo em cima de um salto alto no Bois de Boulogne.

Levanto-me, coloco uma música agitada. Yousou N'Dour diz o que quer, o baterista canaliza meu transe, danço. Mãos nos joelhos, remexo a bunda fazendo dança do quadradinho, aquela que as mulheres senegalesas dançam maravilhosamente, que deixa os homens com meio metro de língua para fora na pista de dança, que abala o frágil trono da masculinidade. Faz com que o mais durão dos machos se esqueça até do nome do próprio pai que, de repente, rasteja a noite inteira contando as miçangas que cingem a cintura da beldade lasciva a qual, no entanto, vai decidir sozinha, com um sorriso malicioso, o momento do coito. No dia seguinte de manhã, ao lavar sua *béthio*, o seu *pagne* bordado com motivo insinuante para ser usado à noite, vai abrir a mão, cerrada durante o êxtase, uma borboleta voará para longe e, do lado de fora, vai pensar que é um elefante. Com certeza, é por isso que minha avó me dizia que na intimidade da cabana um elefante pode se tornar tão leve quanto uma borboleta. Madame sabe como domar as feras selvagens, mas do lado de fora será submissa e frágil. Socorro, senhor, uma aranha! Me ajude, tire-a daqui, tenho tanto medo de aranha! Ufa! Obrigada, senhores, o que faríamos sem vocês?

Cansada de dançar, sento-me diante de uma garrafa de água e

ligo a televisão novamente. O último jornal da noite está começando e recordam o resultado da partida com o comentário: "França e Itália, que grande exibição para uma final do Campeonato Europeu de Futebol!" Os torcedores vão brigar pelos melhores lugares, se é que já não foram todos vendidos. Ao que parece, conseguiram prender uns cambistas revendendo ingressos a preços exorbitantes. Em seguida, reprisam imagens do final da partida. Maldini faz uma rápida aparição. Ah! Ele de novo! Decididamente, ele não me larga. Zapeio: o programa temático dessa noite é dedicado aos apaixonados por jogo, pessoas que viajam pelo mundo em busca de cassinos. Mas em que planeta vivemos? Estamos cercados por malucos e meu irmão é um deles. Se ele pudesse, viajaria o mundo inteiro só para assistir aos jogos de Maldini, não tenho a menor dúvida.

Não se esqueça de assistir à final de 2 de julho. E fiquei esperando. Quem ainda ousa dizer que a distância liberta? Essa pequena frase foi suficiente para me deixar imersa na expectativa e tudo o mais em suspenso. Mas, para Madické, o que poderia acontecer de mais importante na minha vida na França do que esse jogo? No paraíso, não temos dificuldades, não adoecemos, não temos dúvidas: apenas vivemos, podemos ter tudo o que desejamos, inclusive o luxo de ter tempo, o que forçosamente nos torna disponíveis. Eis como Madické imaginava minha vida na França. Ele me viu ir embora, levada pelo braço de um francês, depois de uma boda tão pomposa que ninguém poderia prever a tempestade que estava para vir. Mesmo quando foi informado da tempestade, não soube avaliar as consequências. Embarquei com máscaras, estátuas, tecido de algodão tingido e um gato ruivo tigrado, e havia desembarcado na França dentro da bagagem do meu marido, assim como poderia ter chegado com ele à tundra siberiana. Mas, quando chegamos à casa dele, minha pele envolveu o idílio em sombra — para a família só a Branca de Neve interessava —, o casamento foi efêmero e ficou difícil tocar o barco. Sozinha — cercada por minhas máscaras, e não pelos sete anões — decidi que não ia voltar para casa de cabeça baixa depois de um fracasso que muitos me haviam prevenido com satisfação, e continuei meus estudos com perseverança. Em vão, contei a Madické que, como faxineira, minha subsistência dependia da quantidade de chãos que conseguisse esfregar. Insistia em imaginar-me saciada e usufruindo do ócio na corte de Luís XIV. Estava acostumado a lidar com as carências do próprio país subdesenvolvido, não ia compadecer-se de uma irmã que vivia numa das maiores potências do mundo! Estava agarrado às suas ilusões. O Terceiro Mundo não consegue ver as feridas da Europa, as próprias feridas cegam-lhe; não consegue ouvi-la chorando, o próprio choro ensurdece-lhe. Ter a quem culpar atenua o sofrimento e, se o Terceiro Mundo começasse a enxergar a miséria do Ocidente, perderia o alvo de suas invectivas. Para Madické, viver num país desenvolvido *representava* em si uma enorme vantagem que eu tinha em relação a ele, mas era ele quem usufruía da presença da família e do sol dos trópicos. O que fazer para que entendesse a solidão do exílio, minha luta pela sobrevivência e o permanente esforço que fazia para continuar meus estudos? Não era eu a preguiçosa que escolhera o Éden europeu e que vivia como a eterna colegial numa idade em que a maioria das amigas de infância já cultivava o próprio lote de terra e alimentava os filhos? Inútil e ausente da vida cotidiana deles, o que posso fazer, senão lhes dar o prazer de saborear, de tempos em tempos, um pouco daquele néctar que supostamente saciava minha sede na França? O sangue muitas vezes esquece seus deveres, mas nunca esquece seus direitos, assim me ditaram a lei deles. Havia escolhido um caminho completamente estranho ao da minha família, e tentava provar-lhes que ele tinha algum valor. Tinha de "vencer" para assumir a função atribuída a todas as crianças do povoado: ser a segurança social da família. Essa obrigação de ter de dar assistência é o maior fardo que os emigrantes carregam. Mas, como nossa maior busca continua sendo o amor e a gratidão daqueles que deixamos, o menor de seus caprichos se torna uma ordem. *Não se esqueça de assistir à final no dia 2 de julho.* A partir daquele momento, me senti investida de uma missão sagrada. Minha atenção foi confiscada e as lembranças relacionadas a Madické e ao mundo dele se impuseram na minha mente.

3

A paixão do meu irmão pelo futebol nasceu muito cedo. Quando criança, nossa mãe deu-lhe uma pequena bola de borracha que comprara na cidade. Ele aprendeu a andar e chutar ao mesmo tempo. Quando caía, rastejava até a bola, tornava a levantar e dava um chute nela antes de cair outra vez. Nossa mãe o estimulava aplaudindo-o:

— Bravo, filho, você é um campeão!

E voltava a chutar com mais vontade ainda. Com o passar dos anos, seus passos ficaram mais firmes, os chutes ganharam precisão, e começou a perder o interesse em chutar a bola sozinho. Na escola corânica, esperava impacientemente pela hora do recreio para brincar com os colegas. Apesar dos sermões do professor, que desaprovava o futebol, continuavam a jogar depois do horário das aulas. Uma bola de verdade não era algo comum. Descolados, como todas as crianças do terceiro mundo, os garotos pegavam trapos ou esponjas, juntavam tudo em forma de bola e colocavam numa sacola plástica para satisfazer a paixão. A natureza da bola podia variar de uma semana para outra, as regras do jogo podiam ser arranhadas de vez em quando — por vezes as técnicas da luta tradicional irrompiam no campo —, mas a prática do esporte favorito era um sacerdócio e não deixavam que nada os interrompesse por longo tempo. Ninguém podia impedi-los de ficar nesses terrenos baldios, de onde voltavam exaustos, cobertos de poeira, com os pés cheios de espinhos.

Durante muito tempo, esses garotos só tinham como exemplo os mais velhos que frequentavam a escola primária francesa. Lá eles se organizavam em equipes, o treinador era o professor, e no campo adotavam o nome dos ídolos franceses. Uns poucos nomes que soavam africanos eram das raras crianças compatriotas que jogavam no exterior, a maioria delas na França. Daí que todos os sábados, à tarde, o capitão Michel Platini e companhia levantavam a poeira de Niodior para o deleite dos pequenos espectadores e eternos admiradores. As crianças jamais perdiam esse encontro semanal. Mas, num sábado — foi bem antes de eu ir embora para a França —, Platini e seus companheiros de equipe jogaram sem ouvir o clamor habitual que os exaltava. As pequenas dunas de areia à beira do campo, ainda pisoteadas pela multidão da última partida, ficaram em silêncio durante a partida. Apenas o apito do professor pontuava as jogadas que, um mês antes, desencadearam os aplausos e ditirambos do público cativo. O jogo foi mais duro do que o habitual. Desmotivados, os jogadores sentiam a areia engolfando-os nos tornozelos e soltando-os cada vez menos depressa. Infeliz daquele que lê sua glória nos olhos versáteis do público! Quando o último apito soou, o capitão Platini de cabelos crespos e seus companheiros ainda não sabiam que um grande evento acabava de transformar a vida da ilha.

O vilarejo tinha acabado de receber sua primeira televisão! O homem de Barbès, que chegara no dia anterior à noite, esperou o meio da tarde, pouco antes do momento habitual do pontapé inicial, para desfazer as malas. De dentro de uma de suas malas mágicas tirou esse aparelho surpreendente, diante dos olhos esbugalhados de suas quatro esposas ladeadas por crianças que ele conhecia só de nome. A notícia se espalhou feito rastilho de pólvora e as crianças não foram as últimas a chegar correndo. Pela primeira vez na vida deles, a maioria dos habitantes ia poder experimentar essa coisa estranha da qual já tinham ouvido falar: ver os brancos falando, cantando, dançando, comendo, se beijando, brigando;

enfim, ver os brancos vivendo realmente, ali, dentro da caixa, logo atrás do vidro. O espetáculo durou até tarde da noite. Qual não foi o espanto deles quando viram um de seus compatriotas dando notícias do país e do estrangeiro, e havia até fotos! Então, os negros também sabiam usar a magia dos brancos! A única decepção — sim, houve uma decepção — foi a impossibilidade de compreender o que o jornalista tanto falava, apesar dos gestos que fazia. Os olhares interrogadores se voltavam para Ndogou; fora expulsa da escola por ter repetido ano muitas vezes e voltou para o povoado, mas ainda não estava trabalhando no telecentro, que não existia na época. Então, fez o papel de tradutora:

"O avião presidencial decolou do Aeroporto Internacional de Dakar às 8 horas da manhã de hoje. De fato, o Pai da Nação, acompanhado pelo nosso amável Ministro do Desenvolvimento, inaugura hoje, em Tambacounda, uma bomba de água oferecida por nossos amigos japoneses. No final do dia, Sua Excelência, o Primeiro Ministro, foi ao Porto Autônomo de Dakar para receber um carregamento de arroz doado pela França, para ajudar as pessoas, no interior do país, afetadas pela seca. A França, grande país e antiga amiga, anunciou através de seu ministro das Relações Exteriores que está se preparando para em breve reconsiderar a dívida do Senegal. Saúde agora: nosso Ministro da Saúde observa um claro aumento na malária com a chegada das primeiras chuvas. Equipes de médicos estagiários, popularmente chamados de médicos das plantas medicinais, em breve serão enviadas às áreas rurais. E para terminar este jornal, informamos que nossos valentes *Sénefs* (jogadores nacionais em ascensão na França) estão cada vez mais conhecidos no torneio de clubes francês, como mostram as imagens dos nossos colegas do France 2. Segundo o ministro da Juventude e do Esporte, eles devem retornar ao país em breve para treinar com os outros jogadores da seleção, tendo em vista a Copa Africana de Nações. Senhoras, senhoritas, senhores, boa noite."

A intérprete não precisou traduzir a última frase: todo mundo deu um sonoro "boa noite", uma velha senhora até acenou para o jornalista, cuja imagem ficou distorcida e estremecida por um momento. É claro que já fazia mais de trinta anos que Jean Frémont montou a própria televisão, mas nossos cinegrafistas ainda estavam engatinhando. A imagem estava tão caprichosa quanto era misteriosa.

Madické e seus amigos ficaram extasiados ao verem estádios maravilhosos e a rápida reportagem; algumas rápidas sequências, uma breve recapitulação dos jogos na França realizados no dia anterior: um senegalês marcou um gol, depois de atropelar o louro grandão que queria impedir sua consagração.

A reação dos adultos foi nula. Preferem a luta tradicional ao futebol e não deram muita importância às notícias que tinham acabado de ouvir. Por aqui não precisamos de bomba d'água, mesmo que seja japonesa. Aninhada no seio do Oceano Atlântico, a ilha de Niodior possui um lençol freático que parece inesgotável e abastece o povoado inteiro através de uma pequena rede de poços. Basta cavar quatro a cinco metros para ver a água da nascente jorrando, fresca e límpida, filtrada pelos finos grãos de areia. Também não há ninguém precisando da doação de alguns quilos de arroz francês. Os fazendeiros, criadores de animais e pescadores, esses ilhéus são autossuficientes e não pedem nada a ninguém. Se quisessem, poderiam criar a própria minirrepública, no seio da República senegalesa, e o governo só se daria conta de alguma coisa na época das eleições. Aliás, estão esquecidos em todos os aspectos. O centro de saúde está quase vazio, curam-se da malária graças às infusões de ervas. O presidente, o Pai da Nação, só precisa de se preocupar em oferecer sua paternidade àqueles que a demandam de si, pois aqui ninguém espera nada de sua tutela. Em suma, não deram a mínima importância para o governo assim como fizeram pouco do que noticiou o jornalista!

Ao fim de algumas semanas, puderam ter uma ideia dos programas de televisão e vinham assistir conforme o interesse de cada um.

As noites iam passando, levadas pela luz azulada da pequena tela. As estações corriam à beira-mar. Os anos se sucedendo, encurtando o tempo estabelecido para os vivos e aumentando os músculos dos jovens futebolistas. O fiel Atlântico continuava a lamber os pés da bela ilha, mas o Platini local e seus companheiros de equipe não tinham mais plateia. O coração de seus jovens fãs os substituiu pelos jogadores exibidos na TV. Pouco a pouco, a febre do futebol apoderou-se de todos os adolescentes do povoado que formavam os times conforme a afinidade, e foram-lhes fiéis durante toda a juventude. Cada time adotava o nome de um clube francês, e cada criança foi apelidada pelo nome do herói favorito. Em terreno arenoso, delimitado por quatro pedaços de pau, coletados às pressas para servir de baliza, pudemos assistir ao Paris-Saint-Germain enfrentar o Marselha, ou ao Nantes atropelar o Lens, ou ainda ao Sochaux, que não teve dificuldades no confronto com o Strasbourg.

Porém, a televisão também mostrava outros grandes clubes ocidentais. Não havia o que fazer. Passada a colonização historicamente reconhecida, o que reina agora é um tipo de colonização mental: os jovens jogadores veneravam e ainda veneram a França. Aos olhos deles, tudo o que vem da França é objeto de inveja.

Vejamos, por exemplo: a única televisão que lhes permite ver os jogos veio da França. O dono da mesma, que se tornou um notável no povoado, morava na França. O professor, muito culto, fez parte dos estudos na França. Todas as pessoas que ocupam cargos importantes no nosso país estudaram na França. As mulheres dos nossos sucessivos presidentes são todas francesas. Para ganhar as eleições, o Pai da Nação, primeiro, tem de conquistar a França. Os poucos jogadores ricos e famosos senegaleses jogam na França. A seleção nacional tem sempre um treinador francês. Até mesmo nosso ex-presidente aposentou-se e foi morar na França para viver mais. Por isso, na ilha, mesmo que se confunda o mapa da França com o do Peru, sabe-se, porém, que França rima perfeitamente com esperança.

    Só Madické fugiu à regra e voltou sua atenção para um time italiano, o Milan. Por ser minoria, concordou em jogar numa das equipes ao lado dos amigos de infância, com nome obviamente francês. Mas, como sempre se esmerava para reproduzir as jogadas, a linguagem corporal do capitão do Milan, os amigos deram-lhe o sobrenome de Maldini como provocação. Longe de se ofender, sentiu-se honrado e organizou toda a sua vida em torno da nova identidade. De simples fã, subia para o nível mais alto de duplo. Usava apenas o número de Maldini e jogava na mesma posição em que ele jogava. Entre plantio e colheita, as camisas do Maldini substituíram a maior parte de seu guarda-roupa; mesmo fora dos campos de futebol, era possível reconhecê-lo pela roupa. Se por um lado compartilhava a paixão do futebol com todos os amigos, por outro Madické sentiu-se isolado do grupo quando se tratava de um jogo entre Itália e França. Nesse universo irremediavelmente francófilo, os prognósticos a seu favor nunca eram bem recebidos. Daí que aprendeu a guardá-los para si, mesmo quando a Itália confrontava outro país. Nessas ocasiões, o velho pescador era o único que puxava conversa com ele. Madické não gostava muito dessas conversas, ou melhor, estava cansado delas porque raramente eram desinteressadas.

    O velho sempre queria saber de detalhes muito específicos sobre diferentes partidas. Grudava-se nele como uma ventosa, e não soltava enquanto não tivesse um relato minucioso. Ao contrário dos jovens que elogiavam abertamente o time favorito, o velho, assim como Madické, mantinha suas apostas em segredo. O trabalho na pesca por vezes o impedia de assistir a alguns jogos importantes na televisão e então passou a perguntar a Madické sobre os resultados, mas nunca era sobre um time em particular. Indagava sobre o jogo do Sochaux, do Strasburg, do Nancy, do

Nantes, do Marselha, etc. Ficava feliz quando o time sobre o qual tinha perguntado perdia, e triste quando ganhava. Meu irmão já não sabia que tipo de interrogatório poderia esperar. Ele era fã de Maldini, do Milan, e não de todos aqueles clubes franceses! Estava cansado de responder a tantas perguntas de um torcedor tão infiel. Já parecia muito estranho que aquele velhote, em vez de juntar-se aos de sua geração na roda de discussão sob a árvore das palavras, se metesse entre os jovens para falar sobre futebol. Mas mais bizarro ainda era comportar-se como um verdadeiro vira-casaca.

— Afinal, o senhor torce para qual time? — acabara interrogando o jovem.

— Amo todos eles — gaguejou o velho pescador. — Gosto do jogo lindo.

— Sim, mas deve haver alguma equipe que o senhor acha que jogue melhor que as outras, certo?

— Não, isso varia, filho. A vida seria entediante se o gênio não fizesse sua ronda, se o talento se tornasse uma exclusividade...

Madické entendeu: esse tipo de frase é o dique que os mais velhos constroem para desviar a enxurrada de perguntas. Qual molusco que ao ser tocado na carne se entrincheira dentro da concha, o velho refugia-se atrás do mistério das palavras. Depois de quatro tapinhas amigáveis que significavam: *"te-pe-guei-hein"*, despediu-se do jovem companheiro levando consigo seu segredo, acreditando que fosse. Não considerou os mexericos e a perspicácia de Madické. Lá na ilha, nada é dito claramente, extrai-se a notícia da água que se tira do poço e todos no povoado bebem da mesma fonte. As histórias de família, mesmo as mais antigas, estão sempre flutuando no alguidar das mulheres, que depois as cozinham a sua moda. Mas não pense que a cozinha delas cheira mal! É só a sujeira que o Oceano Atlântico vai deixando pela orla da ilha! Quando parávamos para escutar, podíamos ouvir a história do velho pescador no barulho das ondas.

Era bonito e vigoroso na juventude. Um lutador reconhecido, que percorreu o país participando de torneios que vencia com frequência. Famoso e cobiçado, dizem que amava os prazeres da carne. Inúmeras mulheres dispunham-se a satisfazer o apetite do campeão e, portanto, é natural que as conquistas se multiplicassem. Generoso, fazia questão de homenagear aquelas que achava dignas, e quase todas eram, pois as de beleza sumária não ousavam se misturar ao desfile que a chegada dele provocava. No auge da carreira, um dos torneios terminou com o nascimento de um lindo menino. Fazia pouco mais de nove meses que havia retornado quando a jovem mãe, acompanhada dos pais, saiu da vila onde morava e apresentou-lhe o filho. Negou a paternidade sem contemplação. A glória o cegava, não queria assumir o peso de uma família e interromper o caminho promissor. Os pais o apoiaram na decisão: o filho deles não podia se casar com uma jovem que entregava os encantos a um amor de passagem. Completamente envergonhada, a pobre mulher, que tinha esperanças de se casar com um campeão, foi-se embora com a família com a mesma discrição com que chegara. Mãe solteira, foi difamada, depois banida da comunidade e por fim exilou-se com o filho na cidade onde, segundo alguns, se sustentava trabalhando como empregada; outros imaginam uma atividade bem menos aceita. Mas no deserto sempre se pode deparar com um oásis. Como era linda e inteligente, um morador da cidade sucumbiu ao seu charme e pôs fim à sua provação. Ele era muito mais velho do que ela, mas a diferença de idade não a incomodava. Era comerciante, rico, sem descendentes, estava feliz em acolher mãe e filho e fazer as vezes de pai. Quem leva a galinha leva os pintinhos! Casou-se com ele, mas preferiu que o filho mantivesse o nome do pai verdadeiro. Limitado em suas prerrogativas, o marido, um tanto enrugado, fez todo o possível para dar uma boa educação à criança, e o fez seu herdeiro. Mais tarde, o garoto, que jogava futebol na equipe da capital, foi contratado por um clube francês. Em pouco tempo tornou-se um dos mais ilustres Sénefs. Os repórteres, fascinados por seu jogo e sua aparência de *playboy*, gritavam seu nome a plenos pulmões durante as partidas. Rico e famoso, era considerado herói no país. O filho da vergonha agora era recebido pelo chefe de Estado. *Allah Akbar!* Por sua vez, o velho pescador casara-se no final da carreira de lutador com uma moça ali do povoado mesmo, com quem teve uma única filha.

Madické fazia-se muitas perguntas, mas ao ver seu velho amigo ficava confuso: por que aquele velho não tinha um time favorito, como todo torcedor? Talvez tivesse, mas qual deles? Não encontrando a solução para o enigma, seguiu cruzando as informações. O que havia de comum entre todas essas equipes sobre as quais o velho fazia perguntas? Veio-lhe uma luz: todas jogaram sucessivamente contra o mesmo clube francês, o mesmo clube onde o famoso senegalês jogava! Juntando essa análise com os rumores que corriam na ilha, convenceu-se de que estava no caminho certo: o homem acompanhava a carreira do filho em segredo! Sim, ele tinha um time favorito, mas teimava em não contar, por vergonha ou medo de confirmar os rumores, deixando transparecer que se arrependera de ter abandonado o único filho. Grande detetive, agora Madické sabia com antecedência as partidas que interessavam ao velho, mas agia como se nada tivesse acontecido. Continuava a usar a mesma tática de antes. O velho, como sempre, fazia as perguntas com o mesmo distanciamento e Madické respondia fingindo-se inocente.

O segredo é como leite no fogo: acaba se esparramando se não tivermos cuidado. Toda mentira tem um fim. Não é fácil você fingir que não sabe de alguma quando você sabe. Rapaz bem-educado, Madické não pretendia desmascarar o velho. Mas o leite no fogo, a paixão no coração, a pressão de um evento, a exaltação e o leite fervem e transbordam. Devemos limpar? Madické não podia mais com aquilo: infelizmente, as palavras não têm um corpo que possamos agarrar para freá-las. Então a frase se encheu de emoção, tremeu, esticou-se, virou-se e foi se explodir no rosto estupefato do velho pescador:

— Atropelaram o Bordeaux, três gols a zero! — gritou Madické, tapando a boca na mesma hora.

O velho pescador, que acabara de chegar ao seu lado, de repente parecia mareado. Podia-se ler nos olhos dele: *Eles, quem? Droga, esse garoto descobriu!* Abalou-se um pouco, mas logo se recompôs e despistou:

— Um dia desses você também vai para a França jogar futebol — disse, olhando dentro dos olhos do jovem amigo.

O barco sempre balança muito, mas às vezes não entra água. Como se diz por aqui, ele balança, mas não vira. Se Madické ainda não sabia, o velho pescador tinha pé de marinheiro e sabia surfar bem. O olhar que lançou para o jovem não passou de um ponto de interrogação. Era necessário saborear o momento; o ataque verbal daria frutos. Depois de se deleitar com a tacada, o velho prosseguiu:

— Bem, não é por esse motivo que você tem frequentado a casa do estrangeiro, né? Vi você no time que o professor treina e, ao que parece, agora está aprendendo a língua dos brancos. Faz de tudo para poder ir embora, não é? Não é mesmo? Bom, sei que um dia você vai jogar futebol na França, eu vi nos búzios.

Já morava na França havia alguns anos. Como todos os moradores do povoado, o velho sabia disso. Minhas primeiras férias, sozinha, não passaram despercebidas. Viera sem o homem branco que em princípio haviam rejeitado, e tiveram de aceitar depois já que não têm poder sobre mim. Muitas pessoas tinham curiosidade em saber sobre meu casamento, na expectativa de que as previsões maliciosas se confirmassem. Quando cheguei, recebi a visita e ouvi opinião sobre minha nova vida até de quem não conhecia antes de ter ido embora. Mal disfarçavam a satisfação e culpavam-

-me pelo divórcio. "O burro jamais abandona o bom feno", diziam os homens quando eu passava: se o homem deixa a esposa, é porque ela não soube ser uma boa esposa. As fofoqueiras dissimuladas vinham me ver e rezar pela minha fertilidade. "O agricultor", diziam elas, "espera colher das sementes que plantou". Diante do meu silêncio, usavam como pretexto as múltiplas tarefas domésticas para abrir espaço para outro grupo. Instaladas antes de receberem autorização, as recém-chegadas consultavam-se entre si com o olhar, depois uma voz do tipo maternal enchia meus ouvidos: "A honra de uma mulher vem do seu leite." Os seios caídos testemunhavam o respeito por essa tese milenar. Que boca teria a ousadia de mencionar a pílula na frente delas, e correr o risco de ficar torta para sempre? Dizer-lhes que na Europa podemos programar e limitar os nascimentos seria visto como provocação. Consciente da inutilidade de qualquer tentativa de explicação, suportei, muda, a presença delas com paciência e educação, como mandava a tradição. Ao fim de algumas visitas, já não me chocava mais a ingenuidade com que se imiscuíam na minha vida. Invejei a serenidade delas, aquela tranquilidade psicológica que tiravam, sem dúvida, da solidez de suas convicções. Pareciam ter solucionado todas as equações que eu achava serem um mistério. Como menires fincados na base da tradição, passavam incólumes pelo turbilhão das misturas culturais que me fazia hesitar. Seguiam o caminho delas, eu procurava o meu voltado para outra direção; não tínhamos nada a dizer. Com ar solene, saíram carregadas de perguntas não respondidas à especulação de esterilidade, uma das principais causas de divórcio no povoado.

Ao mesmo tempo que faziam fofoca, também humilhavam-se para extrair de mim fosse algum dinheiro, ou uma T-shirt, em nome de um costume — que impede muitos emigrantes com poucos recursos de passar férias em casa —, segundo o qual a pessoa que retorna tem de trazer presentes para dar; presentes, cujo valor é estimado pela distância da proveniência e pela relação com o beneficiário. Eu própria estava nessa situação, mas dava razão às expectativas exageradas que nutriam para com as pessoas que "vinham da França". Meus parentes sofreram por causa da cobiça alheia: assim que cheguei, eram vistos como depositários de uma fortuna. Quando eu já não tinha mais nada para dar, se deixaram despojar do pouco que haviam recebido para salvar as aparências. As pessoas inventavam planos insanos com relação a eles. Uns diziam que ia levar meu irmão comigo, outros afirmavam que ia mandá-lo para a França um pouco mais tarde. Fui embora sem dar satisfação. Quando o velho pescador conversou com Madické sobre uma futura partida para a França, será que de fato tinha visto isso nos búzios ou era mais um fazendo cálculos de probabilidades como a maioria dos moradores?

Não sei o que o velho pescador realmente viu nos búzios dele. Por outro lado, sei o que a paixão maturescente de Madické começou a me custar desde que estava na França. Afora as horas que passava assistindo a jogos nem sempre empolgantes, percorria as lojas de esportes com uma lista de material na mão para meu irmão. O telefone não era mais apenas o canal pelo qual a France Telecom sugava meu sangue, tinha se transformado numa chateação para mim. As demandas iam sendo jogadas, como quem não quer nada, insinuadas com habilidade, irresistíveis: um par de chuteiras para treino, outro com traves para as partidas, caneleiras, uma bola de couro, uma taça para um pequeno campeonato entre os times da ilha, e, obviamente, uma camisa do Maldini. Encontrei tudo, exceto a camisa — nunca gostei de objetos de culto!

Meu irmão agora jogava no time do povoado, disputando partidas cada vez mais importantes. Consolidava o talento sob o olhar atento do professor. Mas o relacionamento deles não parou por aí. Madické percebera que todos os que iam para o exterior para jogar falavam francês, nem sempre o melhor francês, mas, de qualquer maneira, falavam. Então, pediu ao professor que lhe desse aulas à noite. Para este morador da cidade, que já não explorava as curiosidades da vida local, o sussurro discreto das palmas dos coqueiros não era mais suficiente para espantar a enorme tristeza escondida em seu coração. O crepúsculo trazia-lhe uma fieira de recordações que se liquefaziam nas profundezas de seus olhos. Dar aula naquele momento do dia, longe de ser uma chatice, para ele representava uma distração bem-vinda. E, depois, ensinar era seu sacerdócio: "É preciso plantar a semente do conhecimento em todos os lugares onde ela possa crescer", disse ele. E foi o que ele fez; tinha vindo da sua cidade para semear a sua semente na areia salgada da ilha. A alma de Godot que havia nele esperava pacientemente pelo rebento. Para as crianças, ele era "Monsieur Ndétare". Os outros se contentavam em respeitar sua posição de funcionário público, mas no fundo o viam apenas como "o estrangeiro". Fosse para fazer um favor ou romper a solidão, Ndétare aceitou o pedido de Madické, que de pronto esboçou um plano de carreira baseado apenas na confiança de que futuramente conseguiria falar a língua francesa.

— Ei! Adivinha! — gritou para mim um dia ao telefone. — Sabia que comecei a estudar francês com o professor? Você conhece, foi seu professor, o Monsieur. Ndétare, concordou em me dar aulas à noite. Já pensou no que posso conseguir depois? Talvez ... Deixa para lá. O Monsieur. Ndétare concordou, ele é realmente muito legal. Mas você não responde nada, não se lembra dele?

4

Claro que me recordo dele. Monsieur Ndétare. O professor já está envelhecendo. Uma lâmina de barbear, garfos à guisa de mãos e pernas de pau o levam aos confins do país para fazer seu papel de funcionário dedicado, onde o estado contenta-se com o papel de figurante. Ndétare distingue-se dos outros habitantes da ilha pela silhueta, as maneiras, o ar citadino, o toque europeu, o francês acadêmico e sua convicção absoluta em Karl Marx, cuja obra é capaz de citar cada capítulo. Sindicalista, exerceu a função de diretor da escola primária do vilarejo por quase um quarto de século desde que o governo, por considerá-lo um agitador perigoso, mandou-o para a ilha, incumbido da missão de ensinar aos filhos dos proletários.

Claro que me lembro dele.

Devo-lhe Descartes, devo-lhe Montesquieu, devo-lhe Victor Hugo, devo-lhe Molière, devo-lhe Balzac, devo-lhe Marx, devo--lhe Dostoievski, devo-lhe Hemingway, devo-lhe Léopold Sédar Senghor, devo-lhe Aimé Césaire, devo-lhe Simone de Beauvoir, Marguerite Yourcenar, Mariama Bâ e outros. Devo a ele meu primeiro poema de amor escrito secretamente, devo-lhe a primeira música francesa que murmurei porque devo a ele meu primeiro fonema, meu primeiro monema, minha primeira frase em francês que li, ouvi e entendi. Devo a ele minha primeira carta em francês escrita de maneira torta no meu pedaço de ardósia quebrada. Devo a ele a escola. Devo-lhe a instrução. Em suma, devo a ele minha *Aventura ambígua*. Porque continuei a importuná-lo, ele me deu tudo: as letras, os números, a chave do mundo. E porque ele satisfez meu primeiro desejo consciente, ir para a escola, devo a ele todos os meus pequenos passos do *cancan* francês em direção à luz.

A sala de aula do Monsieur Ndétare estava sempre aberta. Mas eu não tinha permissão para entrar, porque não fora matriculada. Curiosa, intrigada em especial pelas palavras que os alunos dele diziam no final da aula — aquelas músicas melodiosas que não eram as da minha língua, mas de uma outra que eu achava tão doce de se ouvir — queria descobrir quem era o gênio que ensinou todas aquelas palavras misteriosas às crianças que frequentavam a escola. Então enganei, roubei, menti, traí a pessoa que mais amo no mundo: minha avó! Perdão, meu Deus, perdoe-me, mas foi por uma boa causa; do contrário, jamais poderia ter lido seu nome em todos os livros sagrados. Obrigada!

Eu enganei: a casa dos meus avós ficava de frente para a escola primária. Quando acompanhava minha avó até ao jardim, ajudava-a respeitosamente a regar as plantas, depois esperava que ficasse ocupada cuidando do seu tomateiro, do repolho, da cebola e de outros legumes; daí, fingia que ia descansar sob o coqueiro na entrada do jardim, e escapulia. Desenterrava o pedaço de lousa que peguei na lata de lixo, e meus pedaços de giz — escondia tudo embaixo de um talude em frente ao jardim — e depois saía correndo para a escola às escondidas.

Eu roubei: para comprar giz, só tinha de roubar algumas moedinhas da minha avó. Ela deixava o moedeiro, uma bolsinha de algodão costurada à mão, debaixo do travesseiro.

Eu menti: quando voltava, horas depois, inventava uma história tão mal contada, e a pobre mulher voltava a me dar aquele sermão, repetido tantas vezes que nem me preocupava:

— Ora! Da próxima vez você tem de me avisar, hein! Você entendeu? Se acontecer de você fazer isso de novo, você vai se arrepender. Ouviu?

Na escola, a sala de aula do Monsieur Ndétare, como disse antes, estava sempre aberta. Entrei. Havia um lugar vazio ao fundo, sentei-me ali, discreta, e fiquei escutando. Ele escreveu umas letras ou uns números estranhos no quadro e deu a ordem para copiar. Eu copiei. Depois, chegou a hora em que mandou os alunos irem ao quadro, um de cada vez. Quando todos já tinham ido, decidi que estava na minha vez de ir também. Monsieur Ndétare ficou ofendido, abriu o gigantesco compasso que eram suas pernas e caminhou em minha direção:

— Vá-se embora agora mesmo! Ande, para fora, você não está matriculada!

Saí correndo. Assim que voltou para a mesa dele, voltei para meu lugar na última carteira. Naquela época ainda se aplicava o método CLAD: o professor tinha de fazer os alunos repetirem palavras e frases transmitidas por um rádio cassete. Logo que todos terminavam, eu também repetia espontaneamente e o espetáculo recomeçava. Como já não aguentava mais aquilo, Monsieur Ndétare pôs meu nome a lápis no fim da lista oficial de chamada e, a partir daquele momento, decidiu que eu teria de fazer todos os exercícios assim como os outros alunos. Não me perseguiu mais e, pelo contrário, deu-me uma atenção toda especial. Vendo que eu estava indo bem, um dia pegou-me pela mão:

— Vamos falar com sua avó.

— Não, não! Não quero, eu não posso! Ela não sabe que continuo vindo aqui! Me larga! Me larga!

— Então vai ficar sabendo hoje!

Ela acabara de voltar do jardim. Estava sentada num banco, esvaziando a cesta cheia de legumes.

— Mas o que foi dessa vez? Procurei por você em todo o canto. Onde é que você estava?

— Na escola — respondeu Monsieur Ndétare.

— Mas, afinal, quando é que você vai me obedecer? Quantas vezes tenho de repetir? Aquela escola não é lugar para você!

— Exatamente, Madame. Sarr, é sobre isso que vim conversar com a senhora.

— Sim, eu sei. Ela não me escuta. Mas dessa vez garanto que ela não vai mais importunar o senhor.

— Não, não, não é por isso que estou aqui. Acho que a senhora deveria deixá-la frequentar a escola. Vim lhe pedir a certidão de nascimento dela para que possa matriculá-la, se a senhora quiser.

Ela olhou para mim, espantada. Aqui ninguém confia nos funcionários do governo. Nunca se sabe o que vão relatar aos altos escalões. Nem pensar em contrariar um professor, um representante do Estado, principalmente naquele momento em que o governo promovia a educação em massa. Ndétare sabia que não estava malhando em ferro frio:

— Saiba que ela está indo muito bem. Além disso, seria muito bom para ela também. Num futuro próximo, os analfabetos vão ter dificuldades para tocar a vida neste país sem a ajuda de outra pessoa. A senhora tem de reconhecer que é complicado ter de pedir a alguém que escreva cartas, preencha formulários, que a acompanhe até uma repartição qualquer para resolver as mínimas questões administrativas. E depois, obstinada do jeito que é, ela é bem capaz de ser aprovada e receber o certificado do curso.

Depois de um momento de silêncio, a matriarca deu o veredito:

— Tudo bem, concordo. Pelo menos mais tarde, quando ela for sozinha para a cidade, será capaz de reconhecer o número dos ônibus e ler o nome das ruas. Ndakarou, nossa capital, se tornou uma cidade de brancos ocidentais, de *toubabs*. Isso vai evitar que ela se perca, como acontece comigo às vezes.

Esse pensamento não encontrou eco na minha cabeça. Para mim, aquela senhora que me ensinou tudo sobre a vida sabia obrigatoriamente ler e escrever. Venha de onde vier, a convicção íntima sempre será mais poética, mais forte e mais tranquilizadora que a realidade.

Ela foi até o quarto, abriu um baú e voltou com um monte de papéis, que entregou ao professor. Depois de selecioná-los cuidadosamente, ele parou, intrigado:

— A senhora tem duas netas com o mesmo nome?

— Não. Por quê?

— Encontrei duas certidões com o mesmo nome, do mesmo ano, mas o mês é diferente. A menina é de março ou junho?

— Ela nasceu no mês das primeiras chuvas, bem no começo do inverno, no ano em que os estudantes saquearam a capital.

Monsieur Ndétare sorriu e despediu-se educadamente.

Continuei a frequentar as aulas sem estar de fato matriculada. No início do ano letivo seguinte, um pai que ia matricular a própria filha e pensava como o professor ajudou minha avó a regularizar minha situação escolar. E decidiram, ao acaso, pelo mês das primeiras chuvas.

Pouco a pouco, minha avó foi se apaixonando pelos meus estudos. Ainda acreditava que ela sabia ler e escrever, pois acompanhava meu dever de casa que eu fazia à noite à luz do lampião. Apoiando-me na mesa da sala de estar, lia minhas lições em voz alta, depois fechava os olhos e tentava repeti-las. Assim que percebia alguma hesitação, me ordenava energicamente:

— Leia de novo, várias vezes, e repita sem errar!

Então eu começava tudo de novo, várias vezes, até que ela ficasse satisfeita com a fluidez da minha leitura e recitação. Esse carrossel animou nossas noites por um bom tempo. Um dia, voltando da escola, corri em direção a ela, com meu caderno de redação aberto já na página certa:

— Olha, mamãe! É o resultado da composição!

Ela olhou para mim e, sem explicação, deu-me um tapa.

— Mas por que a senhora está me batendo? Tirei o primeiro lugar na turma. A senhora não fica contente com isso?

— Pare de mentir! — gritou — eu vi muito bem, está tudo marcado em vermelho, isso significa que você tirou uma nota ruim!

— Não, não! Não é isso!

Voltei até a escola para procurar pelo Monsieur Ndétare, que estava ocupado arrumando o alojamento onde morava. Ele foi comigo explicar as notas para minha avó e fez muitos elogios. Lamentando, sem dúvida, a correção injusta que acabara de me dar, ela baixou os olhos e quase implorou:

— Olhe, vocês dois, deixem-me em paz com essa história de escola! Não entendo disso. Não sei ler nem escrever, então deixem-me em paz.

Seu rosto estava triste. Eu comecei a chorar. Queria continuar compartilhando com ela minhas histórias da escola, compartilhar a minha história afinal. "Quem tem um bom guia não se perde na selva", disse-me um dia, e desde então não quis outra companhia senão a dela. Queria colocar meus pés dentro das pegadas dela. Ela abriu-me a porta do mundo e cantarolou minha primeira canção de ninar.

Foi bem no comecinho do inverno, ela adorava me contar. O sol tão sufocante quanto a moral, cansada de torturar os humanos, correu para mergulhar no Atlântico. Nuvens pesadas cobriram-se da tristeza de um céu que não queria mais conter as lágrimas. A chuva se anunciava e seu cheiro já inundava as narinas. Dentro do solo, sementes de esperança, lançadas às pressas, aguardavam o momento de brotar e fazer a terra sorrir. Os celeiros estavam quase vazios, e os homens permaneciam mais tempo no mar para enganar a fome, fugir do choro das crianças e do olhar lamurioso das esposas. Entre o plantio e a colheita, mais do que nunca a pesca era matar para comer. Naquele dia, enquanto as mulheres tiravam o produto da pesca dos homens na praia, minha avó estava ocupada macerando plantas medicinais no quintal da casa, surpreendentemente silenciosa. Seu olhar preocupado mexeu a panela velha, onde fervia raízes que ela buscara no meio da mata ao amanhecer. Peneirava outras raízes secas e moídas quando uma voz melancólica provocou um sobressalto embora houvesse alguns dias já a esperasse. Correu até o quarto para pegar vários panos de algodão e forrar o chão do cercado encostado à casa, no quintal que servia de banheiro.

Ao longe, a primeira canção dos lobos suscitou orações aos pastores e ordenou que os bezerros voltassem para o lado da mãe. Uma tocha passou de uma mão à outra. Dentro do cercado, a mãe entregou à filha a chave do maior de todos os mistérios. Quanto à moça, esta acabara de chegar à idade da mãe, cuja grandeza e coragem enfim pôde entender. A provação da maternidade vence a distância entre as gerações de mulheres, é como se diz na ilha, e só depois de transpor essa barreira é que as meninas realmente respeitam as mães.

No cercado, o sopro dos coqueiros já não conseguia secar o suor que cobria a jovem acocorada sobre o pano de algodão branco. Minha avó a fazia beber constantemente o caldo de raízes ainda fumegante. Um céu zarolho lançou um olhar para o Atlântico com seu olho vermelho e intimou-o a entregar ao mundo o mistério aninhado em seu ventre. As primeiras sombras da noite engrossaram as palmas dos coqueiros e correram ao longo da paliçada, quando se ouviu um grito. A única parteira do vilarejo estava viajando; sempre imprevisível, eu escolhera aquele momento para nascer. Minha avó confiou na própria experiência, nas suas plantas e na sua manteiga de karité; só teve a ajuda de uma parteira para o caçula.

A ilha havia se metido embaixo do manto negro do crepúsculo, e a chuva caía pesadamente, quando minha avó me mergulhou num alguidar com infusão. "Nascida na chuva", ela murmurou, "você nunca terá medo de ficar molhada pela saliva que hão de lançar por onde você passar. Assim como o pequeno golfinho não pode temer o afogamento, você também terá de encarar a luz do dia". Enquanto estava ali, entronizada no meu berço de pano de algodão branco, sem que soubesse, minhas raízes cresciam sobre a sujeira do mundo: diluindo o sangue da minha mãe e o riacho onde fui banhada, a água da chuva se infiltrava no solo até o nível onde o Atlântico é transformado em fonte vivificante. Naquela noite, minha avó cuidou da filha e de sua criança ilegítima. Impiedoso, o sol derreteu a capa da noite e nos expôs aos olhos da moral. Traída pela minha avó, a tradição, que teria me sufocado e me declarado natimorta à comunidade, casou minha mãe com um primo que há muito tempo a desejava. Na impossibilidade de livrarem-se de mim, os defensores da moral queriam que eu recebesse o sobrenome do homem imposto a minha mãe, ao que minha avó se opôs firmemente: "Vai receber o sobrenome do pai dela verdadeiro, ela não é alga que acharam na beira da praia, nas veias dela não corre água, não, corre sangue, e esse sangue carrega o próprio nome", repetia teimosamente às várias delegações de visitas que a assediavam. O marido arranjado vexou-se com essa recusa, ao menos aparentemente porque já tinha uma esposa fértil em casa e não havia sentido em criar o filho dos outros. Ao tomar minha mãe como segunda esposa, queria se igualar aos companheiros, reafirmar a virilidade e multiplicar a própria descendência, sem gasto algum, já que mães solteiras não têm direito ao dote.

As barricadas haviam transformado Paris e agora irrompiam pelas ruas de Dakar, com a juventude revoltosa bradando seus *slogans*, John Lennon não havia imaginado outro mundo ainda; Niodior estava no auge do inverno, e a chuva não era a única coisa a escorrer pelas faces da minha mãe, que calava sua dor. Sempre que trancava o coração, à noite meu padrasto expulsava-me, sozinha ou junto com ela, não importando o clima. Quando ela saía de madrugada para cortar lenha ou pegar água no poço, ele me embrulhava numa canga e me deixava no quintal entre as poças d'água no chão. Às vezes minha mãe me achava coberta de poeira por causa das tempestades de areia. E eu ora pegava bronquite, ora conjuntivite. Meu padrasto se aproveitava das minhas doenças recorrentes para se livrar da encarnação do pecado, a filha do diabo — era assim que me chamava. Uma vizinha aconselhara minha mãe a sempre me manter com ela, nas costas. Infeliz, passava a impressão de que não tinha muito interesse em proteger-me. Cada vez mais preocupada, a vizinha acabou por alertar minha avó que certa noite veio rondar a casa do genro. Era tarde quando avistou a filha vagando, chorando, carregando-me às costas. Determinada a me salvar, minha avó levou-me com ela. Para me curar, multiplicou as infusões e massagens com manteiga de karité. Como não fazia muito tempo desde que desmamara o filho mais novo, começou a amamentar novamente; seu leite rebrotou em abundância e logo me transformou numa bebê rechonchuda, cheia de vitalidade. Como não se pode medir o amor, minha avó me amamentou, sem data limite, até o dia em que, por conta própria, três anos depois, parei de pedir o peito. Nesse meio-tempo, minha mãe acabara de ter um filho, Madické, que ela considerava seu primeiro filho. E então, *mater*? A mãe na maternidade perpétua, minha avó: *madre, mother, mamma mia, yaye boye, nénam, nakony*, mamãe querida, minha vozinha-mãezinha, minha mãe para sempre!

Com aquelas mãos macias que cortaram meu cordão umbilical, acariciavam minha cabeça — quando pequena, tirava a seiva de seu peito e adormecia saciada em seus braços — minha avó nunca deixou de tecer o fio que me liga à vida.

O que eles acham que estão me ensinando quando me explicam que E = mc , já que tenho experimentado a teoria da relatividade durante a minha vida inteira, a qual está relacionada a essa guerreira *guelwaar* que, com seus olhos amendoados, abriu-me um caminho nas trevas da tradição? Pouco importa que ela não saiba ler ou escrever, nenhum dos meus caminhos pode estar iluminado sem o sorriso dela.

Com a escola deu-se a mesma coisa. Nós navegávamos juntas, ela não tinha permissão para abandonar o barco. Depois do episódio do caderno de redação, continuou a abastecer assiduamente a lamparina a óleo e me assistir, em silêncio, a fazer o dever de casa. Perguntava a Ndétare, a quem tratava como um filho agora, sobre minhas notas. O professor não desprezava esse calor humano, nem os ovos ou os legumes e verduras que minha vozinha-mãezinha lhe dava em profusão todas as vezes que ia buscar informação. Ou era o jeito dela de não o incomodar de graça, ou, talvez, sentisse pena daquele pobre exilado, que devia lembrá-la de um dos filhos morando na França.

Desenraizado, Ndétare soube, desde o momento de sua chegada, aproveitar ao máximo o ditado serere, segundo o qual a audição e a visão são os melhores anfitriões. Viu, observou, escutou e ouviu muitas coisas atentamente durante muito tempo, e esforçou-se o quanto foi preciso para se adaptar. Mas sua integração foi parcial. Essa sociedade insular, mesmo quando permite a aproximação, mantém uma estrutura monolítica impenetrável que jamais digere os corpos estranhos. Aqui todo mundo se parece. Durante séculos, os mesmos genes percorrem o vilarejo, reencontram-se em cada casamento, se unem para desenhar o relevo da ilha, produzindo as diferentes gerações que, uma após outra, partilham as mesmas terras segundo regras imutáveis. A distribuição de sobrenomes, dificilmente variados, mostram com precisão o mapa dos bairros. Esse foi o fator de exclusão de Ndétare, esse senegalês de fora. Ele sabia que essa microssociedade o vomitaria para mantê-lo à margem. Percebeu que alguns habitantes da ilha mal tinham um QI de um crustáceo, mas, desprezado, foi ele, o intelectual, que acabara encontrando uma semelhança com esse lixo que o Atlântico se recusa a engolir e é trazido pelas correntes para o povoado.

Claro que me lembro do Monsieur Ndétare.

Na lista de chamada, notou que havia um patronímico, tão estrangeiro quanto o dele, usado por uma única pessoa do povoado. Pôde perceber a atitude desdenhosa dos alunos assim que pronunciava aquele nome. Como sabia ouvir, escutou e decodificou os mexericos durante as reuniões com os pais dos alunos: aquela mulher era arrogante, diziam, em vez de olhar para o que estava próximo dela e contentar-se com um filho de uma boa família do povoado, foi buscar um príncipe encantado em outro lugar, que lhe deu em troca uma bastarda. Geograficamente insulados, algumas pessoas também o eram na mentalidade e censuravam minha mãe por ter importado esse nome estrangeiro para dentro do povoado: nenhum dos ancestrais fundadores tinha aquele sobrenome. Os mais moderados consolavam-se declarando com uma risada sarcástica: "Felizmente, para nós, que é uma menina. Assim não há perigo de esse sobrenome se espalhar por aqui." Para aqueles que se incomodavam com minhas notas respondiam: "É, mas enquanto isso ela está roubando as oportunidades dos nossos filhos. Sem dúvida que essa estrangeira tem algum poder oculto. Afinal, o que é que se sabe sobre o pai dela?" Na escola, as crianças defendiam a tese dos pais. Muitas vezes o pátio do recreio era transformado em campo de batalha e Monsieur Ndétare finalmente descobriu quem era sua ovelha negra. Quando pela enésima vez me tirava de uma briga, me cochichou:

— Assim como eu, você sempre será uma estranha neste povoado, e não pode ficar brigando toda vez que debocharem do seu sobrenome. Além disso, é um nome muito bonito, significa *dignidade*. Portanto, seja digna e pare com essas brigas. Fique dentro da sala durante o recreio estudando as matérias. Seja esforçada e um dia você irá embora deste ninho de cobras.

Pela primeira vez senti orgulho do meu sobrenome. No mesmo dia, questionei minha avó. Ela confirmou a versão de Ndétare e, usando uma linguagem muito própria, contou-me uma história sobre minha linhagem paterna que me fez estufar o peito e manter a cabeça erguida. Essa história, repeti palavra por palavra para meu padrasto no dia em que, sob a árvore das palavras, na frente de todos os homens do bairro, ele ousou me chamar pelo sobrenome dele. Tinha dez anos na época e desde então ele nunca mais me olhou nos olhos. Minha avó me ensinou que, se as palavras têm poder para declarar uma guerra, também são poderosas o suficiente para vencê-la.

Ndétare, talvez por solidariedade, dispensava uma atenção especial à minha educação. Esperava, em vão, por uma transferência improvável para uma cidade grande onde pretendia continuar a atividade sindical. Então, ao ver os anos passarem, por fim resignou-se a arar nossos cérebros incultos. Quando a solidão ameaçava a razão, sentava-se no cais, examinava o horizonte de suas ideias marxistas, que o mar trazia de volta para apodrecer a seus pés. Por vezes, carente de afeto, acreditava ter visto a silhueta de Sankèle, seu antigo amor, entre as sombras que bailavam no crepúsculo. Foi sua única história de amor em Niodior, uma daquelas histórias que, de vez em quando, deixam você com os olhos vermelhos. Ela lhe deixara na garganta o gosto da areia da ilha e um coração de poeta lírico desprovido de musa. Isso aconteceu alguns anos depois de sua chegada. Desde então, permaneceu solteiro e seus lençóis ficaram tão amarrotados quanto os de um abade. Para fugir do confronto com o seu eu atormentado, participava de todas as festas locais, aproveitava todas as oportunidades em que pudesse ser levado para o turbilhão da vida no povoado. Mas, por fim, entendeu que aqui a árvore das palavras é um parlamento, e a árvore genealógica uma carteira de identidade. Quanto à constituição nacional, ela continua sendo um conceito virtual, a que ninguém dá a menor importância, como um último golpe desferido por algum colono temerário cujos sonhos fossilizaram nas profundezas do Atlântico. Monsieur Ndétare era um estrangeiro e assim permaneceu durante muitos anos depois de chegar ao povoado. Sua família adotiva em Niodior era minha avó e os parentes próximos.

Assim, as aulas noturnas que dava a Madické significavam muito pouco, comparadas à enorme gratidão que o professor sentia pela única família que lhe abrira os braços, uma família que entrou em sua vida pela porta da sala de aula que ele insistia em deixar aberta.

Como muitos garotos da ilha, Madické só frequentara a escola corânica e não sabia nada sobre as aulas que Ndétare ministrava Seu pai achava mais útil estudar para conhecer Deus e aprender os caminhos da salvação do que quebrar a cabeça tentando decodificar a linguagem dos brancos. Na adolescência, Madické abandonou a escola corânica, como a maioria de seus companheiros. Além da pesca e das atividades na lavoura, dedicou-se principalmente ao futebol e ao aprendizado do francês. Por essa salvação terrena, estava disposto a fazer qualquer esforço.

Treinamento, Monsieur Ndétare! Monsieur Ndétare, curso de francês! Acontece que uma pessoa pode se tornar o centro da sua vida, sem que você tenha qualquer tipo de laço com ela, seja consanguíneo ou afetivo, mas simplesmente porque ela segura sua mão, ajuda você a caminhar seguindo o fio da esperança, sobre a linha tênue da existência. Amigo! Freneticamente. Pacificamente. Obrigada! Monsieur Ndétare tornou-se assim o pivô dos sonhos de Madické e o assunto de nossas conversas ao telefone:

— Alô! Sim?

— Oi, sou eu, Madické. Me liga de volta.

— Tudo bem com você? Como vão a avó e o avô?

— Tudo bem. Estou voltando do treino. Monsieur Ndétare diz que temos chance de conquistar a Copa das Ilhas este ano. Já ganhamos do Bassoul, dois a um.

— Nada mal! E como v...?

— Todo mundo vai bem. Monsieur Ndétare diz que, se vencermos a Copa das Ilhas, é possível que alguns sejam selecionados para o time regional. Muitos jogadores senegaleses que estão no exterior conseguiram se destacar quando jogaram em equipes regionais.

— É mesmo! Bem, você recebeu a encomenda? Mandei suas coisas esportivas e...?

— Sim, recebemos tudo. Monsieur Ndétare diz que tenho alguma chance, especialmente se eu melhorar no francês. Olha, preciso ir agora, vai passar um jogo na TV, o Milan joga em casa; vai ser incrível. Viu o último jogo do Maldini? Ele está numa fase incrível agora. Ok, vou desligar, tchau!

Frustrada? Sim! Sempre ficava assim depois dos telefonemas de Madické. Nunca tinha notícias dos outros; só dele. Egoísta? Diga isso e eu arranco sua língua fora. Meu irmão não era egoísta, apenas apaixonado. Diga-me qual é o apaixonado que percebe que o seu *hobby* pode ser maçante para os interlocutores? Madické, você e eu, somos todos iguais frente aos excessos que somos capazes de cometer para realizar nossas atividades favoritas. As batidas do coração soam mais alto que todas as sirenes da moral. O cavalo não ouve o som do próprio galope. Só o olho dos outros detecta esse pedaço de muco seco pendurado no nariz, esse resíduo de comida no canto da boca, essa boca que cheira mal, o penteado malfeito, essa roupa mal combinada, essa mania de interromper quando alguém está falando, de cuspir, de choramingar por uma coisinha à toa e de fazer um escarcéu por tudo; em suma, só os outros veem essas pequenas coisas que temos de errado e que nos impedem de sermos um anjo.

Meu irmão galopava em busca dos seus sonhos, cada vez mais voltado para a França. Deveria querer ir para a Itália, mas não tinha a menor vontade. Os filhos do país que jantam com o Presidente da República jogam na França. Monsieur Ndétare, que lhe ensinou o idioma do sucesso, estudou na França. O aparelho de televisão a que ele assistia veio da França e o dono dela, o homem de Barbès, um respeitável e notável morador do povoado, não se amesquinhava no contar as histórias maravilhosas de sua odisseia.

5

À luz da lua, ao final dos jogos transmitidos pela TV, o homem de Barbès entronizado em meio a sua plateia de admiradores desfiava suas histórias, enquanto uma de suas esposas passava a intervalos regulares para servir o chá.

— Então, tio, como é que foi lá em Paris? — perguntou um dos jovens.

Era a frase ritual, o verbo inocente de que Deus precisava para recriar o mundo sob o céu estrelado de Niodior:

— Foi muito além do que você seria capaz de imaginar. Como na TV, mas melhor, porque você vê tudo de verdade. Se te contar realmente como foi, você não vai acreditar em mim. Foi maravilhoso; no entanto, essa palavra não é suficiente. Até os japoneses vão lá fotografar todos os cantos da capital, diz-se que é a mais bela do mundo. Já era noite quando aterrissamos em Paris. Parecia que Deus dera àquelas pessoas bilhões de estrelas vermelhas, azuis e amarelas para que iluminassem a cidade porque a cidade é completamente iluminada. Enquanto o avião descia, era possível imaginar as pessoas dentro dos apartamentos. E pensar que morei em Paris, aquela cidade imensa. Só o aeroporto deles é maior que o nosso povoado. Jamais havia pensado antes que pudesse existir uma cidade tão bonita. Mas, lá, eu pude ver, com meus próprios olhos. A Torre Eiffel e o Obelisco parecem tocar o céu. É preciso pelo menos um dia para percorrer o Champs-Elysées, pontilhado de lojas luxuosas, repletas de produtos extraordinários; é impossível deixar de apreciar. E também há belos monumentos históricos como, por exemplo, o Arco do Triunfo, porque é preciso entender que os brancos são orgulhosos, e como são ricos, erigem um monumento para marcar até as conquistas mais simples. Isso também lhes permite lembrar os grandes homens da história, os quais, aliás, têm um cemitério de luxo, o Panteão: poderia até ser a residência de um príncipe, mas, não sei como, sepultam os mortos lá! E, veja, o Deus deles é tão poderoso que lhes deu riquezas imensuráveis. Daí que, para honrá-lo, ergueram igrejas por toda a parte, em construções gigantescas de arquitetura surpreendente. A mais famosa delas, a catedral de Notre-Dame de Paris, é conhecida no mundo todo: treze milhões de visitantes por ano! Ao lado dela, nossa mesquita mais parece uma cabana. Parece que as grandes mesquitas de Dakar e Touba são muito bonitas. Não as conheço. Engraçado. Conheço Paris e, no entanto, sequer Touba eu conheço. Os parisienses que vieram de férias ao Senegal disseram-me que a mesquita de Touba é uma das mesquitas mais belas da África. Um dia ainda hei de visitá-las, *inch' Allah.*

— E a vida? Como é que era a vida lá?

Os jovens ouvintes não se importavam com suas digressões. Queriam que lhes contasse sobre aquele lugar. Afinal, onde mortos dormem em palácios, certamente os vivos devem estar dançando num paraíso. Então pressionaram o narrador, que estava só esperando para ser espetado pela ponta da curiosidade. Avaliando que o interesse pela história aumentava, o homem Barbès tomou uma xícara de chá, abriu seu sorriso desdentado e continuou, com uma voz ainda mais animada:

— Ah! A vida em Paris! Uma vida digna de um paxá! Acredite, eles são muito ricos. Cada casal mora com os filhos num apartamento de luxo, com energia elétrica e água corrente. Não é como aqui, onde quatro gerações vivem sob o mesmo teto. Todo mundo tem o próprio carro para ir trabalhar e levar as crianças à escola; a própria televisão, onde acessam canais do mundo todo; tem geladeira e *freezer* abastecidos com comida boa. Eles têm uma vida muito tranquila. As esposas não precisam mais de fazer o trabalho doméstico, elas têm máquinas que lavam a roupa e a louça. Para limpar a casa, basta passar uma máquina que engole toda a sujeira. Chama-se aspirador de pó. Basta uma aspirada e pronto. Bzzz! É perfeito! Daí, passam o tempo se embelezando. Usam saia, vestido curto, calça e salto alto a qualquer hora do dia. Usam belas joias, como as que trouxe para minhas esposas. E elas também são ricas, não precisam do homem para comprar comida ou pagar moradia. Não é necessário pagar dote ou se endividar para se casar, elas fazem tudo para agradar a você, e têm imaginação, acredite em mim. Elas têm olhos de todas as cores, é de tirar o fôlego. Lá, as pessoas fazem compras de carro aos sábados, em belos mercados cobertos, supermercados, onde se encontra de tudo o que você puder imaginar, inclusive comida pronta, você só precisa de comer. E nos restaurantes, então? É incrível! A cozinha francesa é elogiada em todo o mundo, de tão refinada. Em alguns restaurantes, você pode comer à vontade. Em casa, também se alimentam muito bem, comem o quanto querem de carne. Comem pouco cereal, e não comem arroz em todas as refeições como nós. Também comem muita carne de porco, mas isso não é para nós, então comia frango, cordeiro ou carne de boi. E, claro, eles têm todos os tipos de bebida para acompanhar as refeições. E todo mundo vive bem. Não existe pobreza, porque o Estado paga um salário até mesmo para as pessoas que não têm trabalho: eles chamam de RMI, renda mínima de inclusão. Você passa o dia bocejando na frente da TV e recebe o mesmo salário que o mais bem pago dos nossos engenheiros ganha! Para que as famílias mantenham um bom padrão de vida, o Estado lhes dá um auxílio em dinheiro de acordo com o número de filhos. Então, quanto mais eles procriam, mais ganham dinheiro. Cada noite de amor é um investimento! Eu tinha um vizinho que não trabalhava, as duas esposas também não, mas com os dez filhos que tinha, todos declarados em nome da primeira esposa, ele ganhava mais do que eu que trabalhava. Os brancos nem precisariam de trabalhar se tivessem muitos filhos, mas não gostam de ter tantos filhos quanto nós. Todo mundo consegue ficar rico lá, olhe só para tudo o que eu tenho agora. Ganha-se muito dinheiro lá, inclusive quem recolhe cocô de cachorro na rua, a Prefeitura de Paris lhes paga por isso. Eu poderia continuar aqui falando a noite toda, mas vocês já podem imaginar o resto. Tudo o que você sonhar é possível de realizar. Só mesmo sendo muito idiota para voltar pobre de lá.

A lua cruzava o céu de Niodior lentamente, hipnotizando os coqueiros, diminuindo a respiração dos humanos exaustos pela longa jornada que tiveram tentando sobreviver. Um ruído de salto encheu o corredor da grande casa do homem de Barbès. Um tinido de bijuteria anunciava a chegada da quarta esposa, vestida à ocidental, trazendo a última rodada de chá e uma travessa de manga fatiada. Ela olhou para os ouvintes, pouco mais jovens do que ela. Se não se atreveram a encará-la na frente do marido, foi porque sua mera presença fazia o desejo lhes subir à flor da pele. De seios generosos e uma bela bunda, ela se tornara o objeto das conversas secretas. Houve um breve momento de silêncio. Em seguida, o dono da casa quebrou o gelo:

— Humm...! Diga-me, o que você colocou no chá desta noite? Está excelente!

Madame ficou meio sem jeito e respondeu com um sorriso. Talvez tenha cozinhado o chá com algum grigri que supostamente prende o marido, como ensinam os bons conselhos das senhoras mais velhas.

— Toma — disse o homem de Barbès, devolvendo-lhe a xícara.
— Pode ir. Vou daqui a pouco e acho que preciso de uma massagem mais tarde.

Ainda era noite alta quando Madické e seus colegas dispersaram-se pelas vielas do povoado adormecido. Enquanto mordia os lábios, o homem de Barbès se jogou na cama, aliviado por ter conseguido mais uma vez preservar, ou melhor, consolidar sua posição. Vivera como *um zé-ninguém em Paris* e, desde que retornou, começou a alimentar *essas ilusões* que o coroavam com prestígio. Valeu-se da oralidade para sobrepujar tudo o que já havia sido escrito sobre aquela cidade e se transformou no melhor embaixador da França. Não carecia da massagem de Madame para estimular o passarinho — o montão de herdeiros era prova de que, além de contá-los aos milhões, ele não tinha motivos para invejar Rocco —, mas precisava disso pelo menos para adiar o momento do pesadelo onde se via enfeitado com o nariz de Pinóquio. Se os cortesãos engoliam aquelas fábulas, a consciência o atormentava cobrando o preço por ter entregado sal em vez de açúcar mesmo que, à luz do luar, ambos tenham o mesmo brilho. Porém, já que o ego eclipsara o remorso, passou a reprimir o mentiroso que havia em si: que mal havia em selecionar as memórias e escolher metodicamente aquelas que poderiam ser expostas, deixando as demais mergulhadas no esquecimento? Suas narrativas copiosas jamais deixaram vir à tona a vida miserável que levara na França.

    Como poderia, empunhando um cetro, ter admitido que no início rondava a boca do metrô, roubava para aplacar a fome, pedia esmolas, sobreviveu ao inverno graças ao Exército de Salvação até que conseguiu uma ocupação com uns companheiros de infortúnio? Como poderia contar que ficava assustadíssimo cada vez que a polícia passava nos inúmeros mercados onde carregava engradados de frutas e legumes, obedecendo sem pestanejar ao crápula asqueroso, que lhe pagava uma ninharia por baixo dos panos? Eternamente ilegal, muniu-se de uma permissão de residência falsa, fotocópia do cartão de residência de um amigo, e com ele percorreu as cidades do Hexágono francês, metrópoles do território continental, conforme a boa vontade de empregadores inescrupulosos. E, para marcar seu território, foi operador de máquinas britadeiras, de canteiro em canteiro de obra, debaixo de sol ou debaixo de chuva. Sempre trabalhando com CDD, contratos por tempo determinado. Os músculos se tornaram firmes, mas foram os nervos que ameaçaram afrouxar. Como seu francês era incapaz de expressar as nuances, tirou os neurônios da jogada por entender que o corpo era seu único capital e que deveria investir no levantamento de pesos. Forte como um mastodonte, exercitava os músculos e focava em empregos mais específicos. Dócil como um cordeiro, as mandíbulas quadradas logo lhe esboçaram o perfil de segurança. À noite, aguçava a vigilância à carroceria dos carros reluzentes estacionados no subsolo de um condomínio sofisticado. Não sei quem estava levando quem, mas com um cão de ataque, cada um numa extremidade da mesma guia, andava pelas áleas escuras e com marcas de óleo até receber o primeiro "Bom dia, Mamadou", que sinalizava o fim do seu turno. Não se chamava Mamadou, mas todos os moradores do condomínio o chamavam assim.

Segundo a Rádio Sonacotra, para ele momento sinônimo de sair da escuridão, a apoteose da sua carreira na França foi quando passou de mestre de cão para ser cão mestre: como vigia de um grande supermercado, vagava por entre os corredores, lambendo os beiços diante de mercadorias fora do seu poder aquisitivo. Para vingar-se da frustração, farejava o ladrão entre os irmãos da rota de imigração que considerava arrogantes o suficiente para fazer compras como os brancos, ou muito pobres para serem honestos. Várias vezes, suas garras de falcão agarraram uma presa magrebina ou africana, caindo assim nas graças do chefe. Suas vítimas acabaram por entender que o pior inimigo do estrangeiro não era apenas o nativo racista, que a semelhança não era garantia de solidariedade. Quando começou a ficar mais sereno, uma gangue da sua cidade decidiu que ele devia pagar pela devoção aos burgueses: perdeu dois dentes na calçada. Está esperando pela fada do dente desde então, e quando perguntado sobre as duas pérolas que lhe faltam no sorriso, responde simplesmente: "Foi um pequeno acidente de *thravalho.*" Só o caçador solitário sabe o preço que lhe custou a presa. Se retorna sorrindo, o povoado tem prazer em elogiar sua destreza e bravura. O leão sobrevivente esconde as feridas sob a pelagem lustrosa. O homem de Barbès fazia o mesmo, e tinha certeza de que seu verniz não corria risco de sofrer nenhum arranhão: os adultos o invejavam demais para atirarem-lhe algo na cara; quanto aos jovens, esses não tinham unhas fortes o bastante para preocupá-lo. Eram pequenos pelicanos sedentos por alçar voo, e precisavam de alguém que os alimentasse diretamente no bico com as cores da fantasia e assim pintassem o próprio céu. Ao irem embora à noite, depois de cada tertúlia, demonstravam gratidão e respeito.

Por nada neste mundo nenhum deles perderia o treino no dia seguinte. Para eles, não havia mais mistério. A França era o país para onde tinham de ir. Mas para pequenos proletários analfabetos como eles, não havia muitos caminhos possíveis. O único que poderia levá-los até lá começava inegavelmente, segundo pensavam, no campo de futebol que tinha de ser trilhado usando chuteiras. Ganhar a Copa das Ilhas de Saloum não passava de uma formalidade, tamanha era a determinação deles. O pequeno time de Niodior foi atropelando um a um dos oponentes. Durante um bocado de tempo, os telefonemas de Madické não trouxeram nada de novo. Mesmo quando me contava sobre a evolução nas aulas noturnas e entendia cada vez melhor as frases curtinhas que eu, sem querer, dizia em francês no meio das nossas conversas, ele sempre falava mais sobre futebol. Cheio de alegria, me disse:

— Vencemos o Thialane: um a zero.

Ou mais uma vez:

— Eliminamos o Djirnda, por dois a zero, com o placar garantido desde o primeiro tempo.

E finalmente:

— Destruímos o Dionewar na final: por três a zero. Ganhamos a Copa da Ilha.

Os jovens iam de vento em popa. Monsieur Ndétare, treinador em tempo integral, de tempos em tempos organizava uma festa para parabenizar o grupo de campeões. Mas, em vez de se divertir, a pequena gangue o enchia de perguntas. Será que o treinador regional viria vê-los jogar? Qual deles tinha chances de entrar para a equipe regional? E, principalmente, qual deles poderia ter a expectativa de um dia ir jogar num clube francês? Esta última pergunta irritava o professor. Se por um lado ele estimulava a paixão deles pelo futebol, por outro não gostava muito da ideia de emigrarem. Ele amava esportes, mas no sentido empregado por Coubertin.

— *Citius, altius, fortius!* — gritou para eles. Mais rápido, mais alto, mais forte! Simplesmente pelo prazer de participar e pela beleza do gesto! Amem a beleza do jogo e o espírito de um esporte altruísta! Nenhum outro objetivo, além da autossuperação. Nenhum outro prêmio, além do aplauso merecido. Não se trata de enriquecimento, mas de assertividade. Esse é o verdadeiro espírito esportivo, e ele pode ser alcançado debaixo de qualquer céu. Não há necessidade de irem para a França para conseguir isso!

Assim como os colegas, Madické não estava tão convencido disso, mas por respeito evitou contradizer o mestre. Um garoto novo, Garouwalé, apelidado Pinga-Fogo, o mais atrevido deles, não hesitou:

— Sim, mas de qualquer forma precisamos de ganhar dinheiro. O senhor quer que a gente viva do quê, se não for assim? Pelo menos, na França, você sabe concretamente por que você joga, e pagam muito bem pelo talento do jogador. Parece que lá, mesmo quem não trabalha recebe um salário pago pelo Estado. Queremos ir para a França e, mesmo que não façamos uma grande carreira no futebol, podemos fazer como aquele homem que morou em Paris. Sempre surgirá uma chance de encontrar trabalho e trazer de volta uma pequena fortuna.

— Não é bem assim, meu filho. Não é bem assim, não. É preciso ter os pés no chão. Nem todo mundo traz uma fortuna da França. E depois, em vez de ouvir os absurdos que aquele convencido conta, você deveria ter pedido a Moussa que lhe contasse como é a França que ele conheceu. Ele também caiu no canto da sereia...

E Ndétare começou a contar-lhes as aventuras de Moussa na França.

6

De Moussa, restava apenas uma foto amarelada, enviada de Paris, que Ndétare brandia diante dos protegidos para ratificar sua história. Na realidade, de todos os habitantes do povoado, o professor era o único que conhecia a versão completa dessa história. Em seu retorno, o jovem fez dele seu confidente.

Cada partícula de vida tem de servir para conquistar a dignidade!

O único filho homem e primogênito de uma família numerosa, Moussa estava cansado de contemplar a miséria da família. Desde que abandonou o ensino médio por falta de recursos, o futuro parecia-lhe como uma ravina, levando-o para um buraco negro, já que não via alternativa ao tão sonhado emprego de funcionário público, numa repartição pública do governo com ar condicionado. Mas não era um garoto do tipo que desiste facilmente. "Para os pobres", dizia ele, "viver é nadar em apneia, na esperança de chegar a uma praia ensolarada antes do gole fatal". Aos vinte anos, decidiu ir atrás da fortuna, saiu do povoado para morar na cidade de M'Bour, na Petite Côte senegalesa, onde foi contratado como marinheiro numa dessas grandes pirogas que fazem pesca artesanal. Ambicioso, o jovem pescador bateu em todas as portas. Muitas pessoas dependiam dele para comer, não podia se contentar com a renda incerta da pesca. Depois de várias tentativas, conseguiu uma vaga no time de futebol daquela cidade. Não faltava aos treinos, e entregava-se de corpo e alma durante os jogos. Logo, logo, foi notado por Jean-Charles Sauveur, francês que afirmava ser caçador de talentos em nome de um grande clube francês. Quem disse que Deus não escutou suas preces?

O recrutador não teve dificuldade nenhuma em convencer a cria. Tudo o que tinha que fazer era dar as cartas: uma passagem de avião paga pelo clube, alojamento garantido num centro de formação onde treinaria com os juniores, antes de alçá-lo à glória num grande clube e, acima de tudo, a promessa de um salário altíssimo. Só que a idade do menino era um problema. Vinte anos já era uma idade bem madura para entrar na formação de juniores. O espinho foi rapidamente removido: aqui se pode conseguir nascer uma segunda ou até mesmo uma terceira vez, bastam algumas cédulas de dinheiro, sem que o chefe do escritório veja, ou que sejam entregues diretamente a ele. E ademais não recusamos nada a quem esteja de partida para a França, é uma relação futura promissora. Jean-Charles Sauveur, calejado na profissão, sacou os francos franceses na hora certa. O visto? Uma mera formalidade! Nas embaixadas também temos os nossos contatos. O bom vinho francês sempre vai bem com amendoim. A vida nos trópicos é tão difícil! A ajuda de um compatriota de passagem é sempre bem-vinda. Boa viagem, senhores!

Alguns dias depois, Moussa já estava chutando uma bola cheio de esperança dentro de um estádio da França. Era apenas um treino, mas para ele foi o jogo mais importante de toda a sua existência. Pela primeira vez na vida, jogava num campo de futebol de verdade, com vestiários e um gramado verdinho. Esforçou-se para deslumbrar o treinador francês que observava atentamente todas as suas movimentações e que comentou: "Com esse físico e se ele conseguir aperfeiçoar as jogadas, será um verdadeiro trator no ataque." E assim foi em todos os treinos que se seguiram. Sob o olhar paternal de Jean-Charles Sauveur, Moussa sentiu-se investido de uma missão sagrada. Não podia cometer erros, pois Sauveur esperava impacientemente que ele confirmasse o talento para ter o retorno em cima do investimento realizado. À noite, enquanto assistia à TV no centro, Moussa ficou indignado com o mercado de compra e venda de jogadores e acabou alucinado com os preços astronômicos das transferências: "Por quantos milhões de francos franceses o Real Madrid comprou esse cara? Caramba! Quanto dá em francos CFA? Deve dar para comprar, pelo menos, umas cinco mansões com piscina na costa de Dakar!" Mesmo se estivesse se divertindo ao imaginar o centro de tamanha transação, não estava gostando nem um pouco daquele método escravagista. Mas não tinha escolha, agora ele era uma das cabeças de gado do esporte que seria posta à venda. Moussa sabia que, se não se tivesse uma atitude de compromisso com o clube que estava apostando nele, teria que reembolsar Sauveur pelas despesas incorridas, passagens aéreas, luvas, acomodação, treinamento, etc. Por isso deu tudo de si.

Cada partícula de vida tem de servir para conquistar a dignidade!

Da França, conheceu apenas o centro de treinamento e os gramados congelados. Deixou o turismo para mais tarde; afinal, não foi por causa dos castelos que estava naquele país. Em breve, quando participasse dos jogos transmitidos pela TV, quando os filhos de Niodior pudessem admirar suas façanhas e finalmente fosse convidado a se encontrar com o presidente da República do Senegal, ele teria condições financeiras para viajar pela França no seu Porsche, no intervalo entre os campeonatos. Assim sendo, a carta enviada à família não continha nada de interessante. No caminho até à casa de Ndétare, os pais estavam ansiosos para saber das aventuras de Telêmaco, mas a leitura da missiva os deixou bastante desapontados. Era uma carta tão pobre em conteúdo quanto um relato do Paris-Dakar feito por Johnny Hallyday. Eis o que o professor traduziu:

Olá, pessoal. Espero que todos estejam bem. Eu estou bem. Treinamos todos os dias. Ainda não recebo salário, mas vou receber em breve. Que o Céu os proteja! Rezem por mim.

Além dessas sete frases curtas, no envelope havia ainda uma foto tirada durante a única saída organizada pelo centro para assistirem à seleção nacional em ação. O pai, num acesso de raiva, jogou a foto na cara do professor, queixando-se:

— Estão vendo? Meu filho acabou de chegar à França e já está mudado. Olhem para aquele uniforme! E ele tem coragem de me falar em salário de jogador de futebol, como se não pudesse arranjar um emprego de verdade? Uns marmanjos, que mais parecem cabritos correndo entre quatro balizas, e ele chama isso de trabalho! Que o Céu lhe abra os olhos! Ndétare, escreva para mim. Quero mandar uma carta para ele imediatamente. Coloque exatamente o que vou dizer.

Enquanto sua ausência irritava o pai, Moussa ia descobrindo o rigor do inverno, a mordida do vento na pele, a escassez do sol e o resfriado prolongado que o obrigava, mesmo dentro de campo, a limpar o nariz. Também descobriu que os colegas do centro de treinamento, a maioria brancos, não eram realmente camaradas. Ninguém dava a mínima importância para o espírito de equipe no centro. Cada um queria abocanhar o próprio lugar, mas não havia espaço para todos. Os principiantes sabiam que nem todos seriam titulares. Os poucos lugares no grande clube eram conseguidos à força, com as travas da chuteira e intimidação. Era preciso ter nervos de aço. Moussa não estava habituado a tal nível de competição: lá no seu país, aprendeu que não se deve ter inveja ou ciúmes, nem competir, pois só Deus dá a cada um aquilo que lhe é devido nesta vida. Além da promessa de sucesso, Moussa esperava do esporte apenas um companheirismo sincero e respeito mútuo. Só encontrou cálculos sórdidos e desprezo. Alguns de seus colegas de equipe o tiraram do sério em campo, quando gritaram para ele:

— Ei! Neguinho! Não sabe dar passe, é? Anda! Passa logo a bola, isso aí não é um coco, não!

No vestiário, sempre havia algum deles que o ridicularizava na frente dos outros:

— E aí? Você não sabe dar um passe? Não se preocupe, nós vamos te ensinar. Vamos levar você para dar umas voltas no Bois de Boulogne numa noite dessas. Ninguém vai ver você, mas você vai estar vendo tudo.

— Ei, gente! Ele talvez prefira o Pigalle? Escuta essa. O cara nunca tinha estado em Paris, e olha só a onda que ele tirou comigo da última vez? É! Nessa época trocávamos confidências, sabe como é, né? Com certeza morria de saudades da selva, e o Tarzan precisava de desabafar. Querem saber mesmo o que ele me disse?

— Qual é? Vai à merda! — gritou o cabeça do grupo. — Desembucha, logo, para a gente rir um pouco.

— Pô, ele diz que a Rue Pigalle ganhou esse nome em homenagem a um escultor francês famoso do século XVIII, um tal de Jean-Baptiste! Ouviu isso, pessoal?

— Aí, a gente tem de perguntar onde é que ele pesquisou tudo isso. Não vai me dizer que vocês falam sobre escultura embaixo das bananeiras!

— De repente, ele próprio estava lá, naquele momento! Lembrem-se de que a boa e velha Lucy é conterrânea dele!

— Seria melhor que ele aprendesse a tocar a bola em vez de querer fazer uma estátua no campo.

Motivado, Moussa ignorou as piadas inapropriadas, abstendo-se de confrontar os autores das injúrias e insultos. *Mougne*, em *wolof*, ou resignação: *apneia até chegar a uma praia ensolarada, aguente firme!*, repetia sua voz interior. Como bom ilhéu, consolava-se com os ditados do seu país: "As ondas podem bater constantemente no rochedo, mas só conseguem aguçá-lo." Passaram-se os meses, e a rocha do Atlântico na França continuava sem ter uma pontaria afiada. Recrutado pelo seu potencial de ataque, Moussa não conseguiu marcar um único gol, apesar do treinamento intensivo e de seus inúmeros grigris. Em jogos reais, tinha de se contentar em esquentar o banco de reservas ou apenas completar o time, muitas vezes atuando em outras posições que não a sua, o que não lhe permitia valorizar sua habilidade como atacante. Admirava os vestiários, gostava da água quente e de imaginar durante o banho as belas atuações que nunca conseguira concretizar. Até inventou uma pose de vitorioso antes mesmo dos célebres protagonistas da Copa do Mundo de 1998. Não, Moussa não se teria contentado com um olhar vago e um dedo colocado sobre a boca como convite aos espectadores para admirarem o maravilhoso marcador e sua obra impressionante. Esse número de pantomima teria sido pouco expressivo para o seu gosto. Como filho da terra e do ritmo, executaria um *mbalax* endiabrado antes de se jogar no gramado, talvez até desse três cambalhotas para prolongar o aplauso. Mas nunca teve a oportunidade de concretizar essa cena, mil vezes repetida mentalmente. Não só porque o frio lhe tensionava os músculos, mas porque tinha de fazer um esforço enorme para arrastar consigo o peso da saudade que crescia dentro da barriga e quase não deixava espaço para a comida saudável do centro de treinamento. Muito tempo depois do final do período de adaptação que lhe fora concedido, os resultados continuaram decepcionando. O centro não o queria mais. Sentindo que seu investimento corria perigo, Sauveur resolveu agir.

— Escuta, campeão — ele disse — já gastei muito dinheiro com isso, e você não consegue melhorar seu desempenho. Não vamos mais cobrir as despesas. Você me deve em torno de cem mil francos. E terá que trabalhar para isso. Como você sabe, sua permissão de residência expirou. Se você tivesse ido bem, o clube teria regularizado tudo rápido: minha grana, sua documentação, tudinho, ok? Mas agora você não tem nem clube nem outro salário; e nem pense na renovação da sua permissão de residência. Um camarada meu tem um barco, vamos lá falar com ele, vou ver se consigo uma vaga para você. Não vamos pedir muito, não, é só para ajudar a quitar a conta. Ele vai entregar o seu salário a mim e, quando você terminar de me pagar, você pode economizar o dinheiro necessário para pagar a passagem de volta para o Senegal. Você é um cara forte, você vai conseguir. Mas, principalmente, ó, shhh! Não se esqueça de que você está sem o visto. Então, se você abrir a boca, os meganhas vão te grampear e você vai acabar jogando pelada sozinho no fundo da solitária. Preste atenção porque você nem precisa de sol para ficar bronzeado. Bem, amanhã uma pessoa vem te buscar para levar você até o barco. Depois que você estiver lá, acabou, não nos conhecemos mais. Bico calado e boca fechada! Tchau, campeão.

Moussa só teve a noite para arrumar a pouca bagagem. Sauveur cuidara de livrá-lo de algumas máscaras que decoravam o quarto. Amargurado diante das paredes vazias, o infeliz pareceu acordar de repente de um longo torpor: "Droga, ele roubou todas as minhas máscaras sagradas", disse para si mesmo. "Esse cara é um verdadeiro abutre. Não vou entrar nessa porcaria de barco. Tenho certeza de que vou morrer de trabalhar para essas pessoas e nunca vão me pagar um centavo. Não sei para onde ir, mas vou cair fora daqui antes que eles me busquem." Sem conseguir pregar os olhos à noite, pegou a última carta do pai e a leu em voz alta:

> *Meu filho, não sei se você recebeu minhas cartas anteriores, pois até hoje não recebi uma resposta sua. Vi sua foto. Você agora não usa mais thiaya (calças largas) nem sabador (boubou), e isso me preocupa. Será que o seu vestuário está escondendo outras mudanças na sua personalidade? Não há mutação externa sem mutação interna. Por isso, tenho orado para que sua alma permaneça tão pura como quando você foi embora. Nunca esqueça quem você é e de onde você vem. Quando digo isso, quero dizer que você deve continuar a respeitar nossos costumes: você não é um homem branco. E, tal como eles, você começa a se tornar individualista. Faz mais de um ano que você está na França e*

nunca enviou um centavo para nos ajudar. Até agora nenhum dos projetos que fizemos na sua partida foi realizado. A vida é difícil aqui. Suas irmãs ainda moram conosco. Estou ficando velho, você é meu único filho e, portanto, tem o dever de cuidar da família. Poupe-nos da vergonha entre os nossos semelhantes. Você tem de trabalhar, economizar e voltar ao seu país.

Ao terminar de ler a carta, Moussa deitou-se e resolveu esperar pela pessoa que o levaria até o dito barco. Várias vezes pegou novamente a carta e releu o final: *Poupe-nos da vergonha entre os nossos semelhantes. Você tem de trabalhar, economizar e voltar ao seu país.*

Impossível escapar disso. Fechou os olhos e imaginou a força de que precisaria para estar à altura do que se esperava dele. No quarto vizinho, o colega ouvia uma música barulhenta, sem letra nem melodia; ele não fazia ideia do drama que se desenrolava do outro lado da parede. Perdido no mundo urbano, cada tartaruga arrasta o próprio casco como pode. O mundo techno não ouve e nem espera por ninguém.

Calma! Pela primeira vez desde a sua chegada ao centro, Moussa deu um murro na parede. Jogou-se na cama e cruzou as mãos sobre o peito. De olhos fechados, sentiu a vida erguer-se diante dele, como um tronco de baobá, impossível de abraçar. Calma! Precisava de calma para inventar outro destino para si, uma música para seus sonhos, e colocar a batida do coração em sintonia com uma realidade purgada na depressão. Por fim, a calma! Mas não precisava mais disso para ouvir o lamento ensurdecedor da sua família. O eco de uma frase, que o zumbido das ondas despejou sobre seu povoado desde a aurora dos tempos, ressoou ininterruptamente no fundo da sua cabeça: *Cada partícula de vida tem de servir para conquistar a dignidade!* E essa frase lhe impôs outra: *Você tem de trabalhar, economizar e voltar ao seu país.*

Trabalhar! Era só o que Moussa sabia fazer agora no barco. Trabalhar sem parar, até que a saudade transpirasse pelos poros. Os únicos perfumes que sentia naquele país eram o ar fresco exalado pelos porões e os odores pesados que emanavam dos corpos robustos de seus colegas, tão barbados quanto ele. Para Moussa, a delicadeza da culinária francesa não significava nada. Seu estômago abastecia-se apenas de refeições, meio sensaboronas, servidas por um cozinheiro que assoava o nariz com os dedos enquanto descascava as batatas, um marinheiro que não hesitava em correr à latrina entre o prato principal e a sobremesa. No entanto, como homem estoico, sentia-se contente ao dizer para si próprio que, afinal de contas, não estava tão mal, pois tinha um teto e comida. Assim, depois de saldar a dívida com Sauveur, poderia poupar todo o salário que o patrão haveria de lhe pagar e, quando se considerasse rico o suficiente, retornaria ao seu país. Durante muito tempo, a beleza da França se apresentou a ele sob a forma de algumas luzes multicoloridas que avistava do porto. Mas, quando meses mais tarde, instigado pela curiosidade, aproveitou uma escala em Marselha para ver mais de perto o que havia na França fora dos gramados dos estádios e do fundo dos porões, os sinos da velha cidade soaram seu casamento com Fata Morgana, o dobre da morte de seus sonhos. Não sabia ainda, mas cada passo o aproximava do local de cremação de suas aspirações. *Guelwaar* autêntico, passeava, altivo, com as mãos nos bolsos, os olhos ávidos por imagens, os pulmões cheios de leveza, deixando-se levar pelas fantasias dos urbanistas. Só no último momento, reparou no comitê de recepção, que o descobriu devido a sua expressão de deslumbramento e o seguiu por algumas dezenas de metros.

— Seus documentos!

Virou-se, surpreso com essa ordem, e viu um quepe sombreando espessas sobrancelhas e duas miniaturas do oceano. Um sol medroso deu uma última piscada e saiu de fininho para prestar contas com Deus.

— Eu pedi seus documentos, escurinho!

— Estão com o patrão — respondeu com segurança.
— Que patrão e onde ele está? — gritou o outro quepe.
— O dono do barco, ali no porto — falou assertivo.
— Mas vejam só — comentou o primeiro quepe. — Este senhor é um lorde. Ele precisa de um portador que lhe carregue os documentos. E a mamadeira está em casa com a mamãe, imagino? Vamos lá checar isso.

No porto, o dono do barco disse ignorar a identidade de seu marinheiro, ou melhor, que nunca o tinha visto. Modelo de cidadão francês e patrão honesto, mostrou que tinha mãos limpas: trabalho ilegal não era com ele, com certeza.

Moussa, escoltado por guias de uniforme azul, iniciou seu turismo burocrático pelo território francês. Deixou o porto quando as estrelas ainda beliscavam a sombra aveludada da noite num esforço para emprestar sua doçura aos humanos. Essa era a hora em que o grumete servia o jantar aos companheiros de galera, os quais, a partir de agora, evitariam aventurar-se em terra firme durante as escalas. Entrou no carro da polícia sem contestar e sem ter a mínima noção sobre a cela úmida e nauseabunda que o aguardava. Passou alguns dias pensando que qualquer outro lugar do planeta seria mais suportável do que aquele cubículo exíguo, onde seus sonhos, cansados de rodopiar, voltavam a envolver seus membros já dormentes. Pescador fortuito, sentiu-se aprisionado nas redes do destino. Seu horizonte se liquefazia sob seus longos cílios negros. Aquele lugar era o seu Triângulo das Bermudas. Nascido no Sahel, amante do sol e da brisa do oceano, daria qualquer coisa para sair a caminhar, que fosse na Sibéria. Diante da comida estragada que o carcereiro lhe trouxera, aquela excreção da consciência do país dos Direitos Humanos, a que chamou de *carcomida*, chegou a sentir saudades do purê de muco servido no barco. O mais difícil para ele foi a falta de atividade. Então, para se ocupar, deitava-se de costas, mergulhava na imaginação e transformava-se em aranha tecendo a teia, não para capturar seus sonhos fugazes, mas para preencher as muitas rachaduras no teto e nas quatro paredes. Gostava desse exercício, pois lhe permitia relativizar a noção de espaço: no corpo de um pequeno animal a área de que dispunha tornava-se gigantesca e sua percepção do tempo era outra. Quando a ronda do guarda o tirava de seu devaneio, a realidade irrefutável o enchia de amargura. Tornou-se nostálgico, e os projetos abortados dançavam diante dele qual bailarinos diabólicos. Para enfrentá-los, alinhou-os ao longo das paredes, metendo-os em cada uma das fendas. Para analisar um de cada vez sem se confundir, batizou cada ranhura com o nome de um projeto. Desta forma, as palavras tecidas, com minúcia aracnídea, produziam o fio condutor necessário ao encadeamento e ao curso das ideias. Como muçulmano, nomeou as rachaduras a partir da direita, em ordem decrescente de acordo com a prioridade: construir uma casa grande para a família; investir na compra de uma piroga motorizada para a pesca no povoado; abrir uma mercearia para a mamãe, assim sempre haverá o que comer; economizar para pagar o dote; comprar roupas para toda a família, principalmente joias e perfumes de luxo para a noiva; comprar uma passagem aérea para os pais peregrinarem em Meca, etc.

    Pouco a pouco, os desejos foram revestindo a cela e ele terminou escondendo as rachaduras. Quando se cansou de contemplá-las, as lições do mestre da escola corânica revelaram sua única utilidade: aproximá-lo do Criador em algumas genuflexões. *Allah Akbar!* O caminho que leva a esse Deus, ao qual dava graças cinco vezes por dia, certamente era mais curto do que o tamanho da largura do cartão de residente, cuja distância o separava da liberdade e, talvez, até mesmo da realização de seus sonhos. *Alhamdou lillahi!* Moussa esperava pelo socorro divino. *Inch'Allah!* Mas um eufemismo do governo francês é quem foi procurá-lo no fundo de sua cela. Certa manhã, um policial chegou, sorriso nos lábios, e disse acenando com um documento oficial:

— Chegou um convite para você!

Era um IQF, um convite para sair da França. Setenta e duas horas depois, um avião o cuspia na pista do aeroporto de Dakar. Foi dessa forma que voltou, deixando naquela cela seus sonhos burgueses, enriquecido apenas pela força de meditação, por uma paixão louca pelas aranhas e uma imagem da França que nunca se vê nos cartões-postais.

Em busca de consolo, retornou ao povoado graças à generosidade de um parente próximo que se dignou a oferecer-lhe o suficiente para a passagem em transporte público. Ficamos muito alegres ao vê-lo e imediatamente perguntamos, sem dar-lhe tempo para responder, por que não havia avisado; teríamos preparado uma festa digna do seu retorno! Apesar da falta de bagagem, ninguém desconfiava de sua desgraça: certamente estava ansioso para ver a família e mandou a numerosa bagagem em outro voo, para depois ir buscá-la em Dakar. O otimismo imolou um galo para agradecer aos antepassados e dois patos para o jantar. A efervescência provocada por sua chegada emudeceu Moussa durante três longos dias de festividades. Sem condições de continuar vendo a família endividar-se para homenageá-lo, fez um breve relato do que foi a França para ele. A explosão da verdade cobriu-o de cinzas. Já não resplandecia mais com a luz europeia e tornou-se menos interessante do que o ilhéu mais sedentário. Quase todo mundo o desprezava. Até mesmo o idiota do povoado se deu o direito de criticá-lo:

— Todo mundo que trabalhou lá construiu casa e montou uma loja quando voltou para cá. Se você não trouxe nada de volta, talvez seja porque não trabalhou porcaria nenhuma lá.

Moussa sabia que aquele retardado estava apenas repetindo ostensivamente no ouvido dele a mesma cantilena de outras pessoas. Como se sabe, o idiota é sempre o mais franco do vilarejo. Saía pouco, evitava os lugares públicos e refugiou-se num mutismo do qual só saiu quando Ndétare o convidou para tomar chá. Encontrou na pessoa do professor um confidente, o único habitante da ilha que manifestamente ainda lhe dava atenção, e jogou-se nos braços da sua compaixão. Às vezes o acompanhava até o campo de futebol e assistia aos treinos, totalmente em silêncio. Aqueles garotos, que o idolatravam na época em que ele era o Platini local, concentravam-se no jogo, fingindo não vê-lo. Magnânimo, Ndétare não hesitava em colocar um segundo prato à mesa. Para escapar dos suspiros acusadores dos pais e do desdém patente das irmãs, Moussa passava a maior parte do tempo com o professor.

A maré subia. As ondas do Atlântico batiam, polindo o manguezal, mas, por mais que insistissem, não conseguiam dar à lama o brilho da areia branca das praias ensolaradas. A maré subia. Com ela, o som das ondas que carregavam a lama. A maré subiu. A brisa, como de costume, espalhou-se, nauseabunda, por todo o vilarejo.

Sem saber por que o governo havia exilado o professor na ilha, o proibindo de ir à cidade, as pessoas tentavam descobrir se o motivo dessa punição não estaria no seu estilo de vida. A amizade com Moussa reforçava as suposições. Esse morador da cidade, solteiro, numa idade em que toda a sua geração acompanhava o crescimento dos descendentes filhos, viveu com os brancos durante boa parte da vida escolar. Moussa também estava mudado desde que retornara de lá. Para esses dois homens se encontrarem com tanta assiduidade, é porque devia haver alguma outra razão além de simples amizade. Mais de um morador alegou tê-los visto caminhando juntos ao anoitecer. Provavelmente deveriam estar envolvidos, secretamente, em práticas malignas que aprenderam no país dos brancos. E diziam que era isso que os mantinha afastados dos outros membros da comunidade. A maré subiu ainda mais. Pouco depois, a paliçada encharcada de água quase já não conseguia se manter de pé na lama. Lentamente, mas inexoravelmente, ela começou a se curvar. Moussa podia ouvi-la murmurar:

"Atlântico, leve-me embora, seu ventre amargo será mais doce que minha cama. Diz a lenda que você dá abrigo aos que lhe pedem."

Desde pequenino, Moussa, como todos os nativos da ilha, ouvira essa lenda.

Outrora viveu no vilarejo um homem que respondia pelo nome de Sédar. Um dia a sogra, que o criticava por não lhe ter dado descendentes, revelou sua impotência em praça pública. Envergonhado, o genro mudou-se do vilarejo. Foi até à praia e, de braços abertos de frente para o oceano, Sédar exclamou:

— Atlântico, leve-me embora, seu ventre amargo será mais doce que minha cama!

Foi engolido pelas ondas. A esposa, Soutoura, que o amava profundamente, ao perceber que não voltava, saiu em busca dele. Havia chovido no dia anterior e ela só precisou de seguir as pegadas na areia. Quando chegou à praia, viu as roupas do marido na beira da água e começou a gritar:

— Sédar! Sédar, meu amor, volte para mim!

Um golfinho emergiu das águas e lhe disse:

— Soutoura, minha querida, a terra dos homens é estreita, só o oceano pode cobrir minha vergonha, encontre um outro marido, terno e gentil. Deixei o reino dos humanos, mas, acima de tudo, jamais conte a eles no que me transformei. Continuarei sendo amigo deles e voltarei para visitar os pequenos que você vai gerar.

Mas é preciso saber como tecer o vento para trançar uma corrente de palavras. Para ter certeza de que nunca trairia o marido revelando o segredo de seu amado, Soutoura imediatamente se precipitou nas ondas. E, tal como Sédar, foi transformada em golfinho por sua vez. Desde então, é possível ver golfinhos ao longo da costa de Niodior, aos pares ou acompanhados de filhotes. Eles continuam amigos dos humanos.

Não se atreveu mais a frequentar a casa do professor. Moussa fechou-se em copas e passou a repetir essa lenda para si mesmo. As semanas se passaram, todas iguais. Os jovens jogadores de futebol foram nadar no mar, para aliviar as dores do corpo depois do jogo de sábado. Ao pôr do sol, cantavam e brincavam cheios de entusiasmo. O treinador, com aquela figura bondosa, teve de gesticular inúmeras vezes até que se decidiram por se vestir para voltarem para casa. Era sempre assim, exceto naquele sábado, quando Ndétare não precisou se aborrecer para obrigá-los a sair da água.

O sol parecia querer suavizar as rugas avermelhadas do mar, o muezim entoava o chamado para a oração da noite. Pong! Pong! Rakkasse! Kamasse! Os últimos golpes do pilão tentavam, em vão, despertar os mortos, jazidos nas duas extremidades do vilarejo. De repente, ao terminar de fazer a última volta, uma piroga deu uma guinada a estibordo para apontar a proa para o cais. Ao avistá-la, o grupo de jovens se abriu em duas fileiras fechando-se em seguida sobre sua esteira.

A areia da praia respirava misericórdia. Plana, branca, fina e porosa, deixava as ondas virem timidamente sugar-lhe a alma. Alguns pedaços de madeira e outros detritos flutuavam à deriva em direção ao mar aberto, na crista das ondas que bailavam em movimento de recuo, à espera de um retorno improvável à terra firme. Os manguezais que bordejam a praia apontavam a ramagem para o chão, qual bandeiras a meio mastro. Essas árvores, que não se cansam de contemplar a própria sombra, quando não se confundem com ela, estavam ali estáticas na esperança de um dia ver retornarem a elas suas folhas, seus galhos, todos aqueles pedaços de si mesmas que o mar ao retirar-se levou consigo. Essa expectativa talvez não seja em vão, pois o mar sabe como devolver à terra o que lhe pertence.

A piroga atracou. A brisa soprou as feridas dos vivos. Silenciosos, dois pescadores desembarcaram a carga. Os jovens futebolistas se aproximaram. No cais, um homem deitado, os braços musculosos; visto de longe, mais parecia um banhista relaxando na praia. Apenas suas roupas semiabertas revelavam que não escolhera estar ali, muito menos naquela postura. Não muito longe do vilarejo, exatamente no local onde a ilha mergulha a língua no mar, as redes dos pescadores haviam pegado o corpo de Moussa. Até mesmo o Atlântico não consegue digerir tudo o que a terra vomita. *Allah Akbar!* Na mesquita, havíamos terminado de rezar. O pregador terminou o sermão com estas palavras: *Cada partícula de vida tem de servir para conquistar a dignidade!*

Tampouco a memória de Ndétare conseguia digerir a aventura de Moussa, que lhe subia de volta à garganta toda vez que suas crias, a pretexto da paixão pelo futebol, se deixavam cegar pela quimera da bandeira tricolor. Como bom pedagogo, afogara a amargura no fundo da sua mente cartesiana e usava essa história como exemplo dissuasivo.

— Cuidado, crianças — concluiu ele. — Vão lá, assistam à televisão daquele presunçoso, mas, por favor, não acreditem no conto de fadas que aquele maluco conta para vocês. A França não é um paraíso. Não se deixem levar pelas redes da emigração. Lembrem-se, Moussa era como vocês e vocês sabem tão bem quanto eu qual foi o resultado...

Madické e os companheiros ouviam o professor martelar as mesmas palavras, incansavelmente, mas sem realmente escutá-lo. Os professores não têm fama de falar muito? Para os jovens, Ndétare começava a envelhecer e estava apenas tagarelando. Então, quando começou a pegar pesado, como eles diziam, o pequeno time se distanciou para se entregar aos seus sonhos. Alguns aproveitavam a falta aos treinos para assistir aos jogos na cidade; outros, para consultar os marabus especializados em futebol. Empregavam as magras economias em grigris que, sem dúvida, os fariam vencer nos jogos e os beneficiariam conquistando uma futura partida para a França. Cada planta estava investida de uma virtude e sua colheita, acompanhada de cânticos indecifráveis. As infusões se multiplicavam nos quartos. Galinhas foram degoladas seguindo um complexo ritual. Sob o olhar pudico da lua, um feiticeiro tenebroso administrava banhos purificadores muito pouco ortodoxos. Os que não tinham dinheiro suficiente para pagar os "sábios" recorriam às mães que se deixavam despojar, sempre prontas para fazer qualquer coisa para melhorar o futuro dos filhos: "Adeus, joias e *boubous* de festa! Terei outros quando meu filho voltar da Europa rico!" Shiiii! Não repita isso. Aqui ninguém se consulta com marabu. As sombras não têm nome! À noite, apenas os espíritos circulam pela aldeia.

Durante esses momentos de folga, Madické me ligava com mais frequência, pedindo revistas de futebol. Pouco importava o idioma em que estavam escritas, desde que Maldini aparecesse bem nas matérias. Mas já não se contentava em cobrir as paredes do quarto com fotos do ídolo. Se seus camaradas queriam usar o futebol como simples pretexto para chegar ao Ocidente, e se virar encarando qualquer tipo de trabalho, ele queria ir para a França para inflamar os estádios com seu talento. Afinal, ele não era o melhor jogador do time do vilarejo? Com um pouco de sorte, um grande clube francês iria contratá-lo. E depois, como a Itália fica bem do lado da França, poderia ir às partidas do Milan, e talvez um dia pudesse cumprimentar seu herói. *Inch'Allah!* Em seguida, voltaria para seu país, realizado, rico e feliz. Para ele, a França era apenas uma pequena escala que o levaria até o trono de Maldini.

Como em todos os jogos França x Itália, em que preferia não revelar seus prognósticos, ficou em silêncio enquanto os amigos, para justificar o desejo de emigrar e calar a boca do professor, discutiam sobre uma série de grandes projetos. Como é que ele poderia explicar a eles que também queria ir para a Europa, trabalhar e ganhar a vida, com certeza, mas principalmente porque queria um aperto de mão?

Ndétare interpretou esse silêncio como um pequeno resultado do seu intenso trabalho pedagógico. Como bom professor, dizia a si próprio que suas falas teriam sido úteis, contanto que pudesse salvar um deles. E então, pensou, ao trazer Madické de volta à razão, teria um aliado para convencer os outros a abandonar aquela ideia fixa. Para se convencer disso, adotou um provérbio da ilha, que originalmente circulava para alertar os pais de jovens futebolistas contra a influência ocidental que ele próprio poderia ter sobre os filhos deles: *O bom convertido será ainda melhor pregador.*

Mas, por enquanto, Ndétare tinha de levar a boa nova sozinho e sem muito sucesso. Os jovens continuavam indo assistir à televisão na casa do homem de Barbès e voltavam cada vez mais tarde. O desejo de uma vida burguesa aumentava de uma noite para a outra, embora o professor aproveitasse todas as oportunidades para vencê-los com sua ladainha:

— Crianças, não acreditem no conto de fadas que aquele maluco conta para vocês. Não se deixem levar pelas redes da emigração. Lembrem-se, Moussa era como vocês...

7

O time do vilarejo começava a se desmontar. Os garotos continuavam amando o futebol, mas aguentavam cada vez menos as preleções do treinador. Quem era ele para acabar com seus sonhos? Será que ele não conseguia entender que queriam garantir o futuro que a areia da ilha ameaçava engolfar? O que é que ele sabia da miséria em que viviam, do cuscuz de peixe do jantar de todos os dias, da preocupação dos pais que contavam com eles para os dias de velhice? Será que conseguia ouvir, lá do alojamento da escola, o soluço das mães à noite quando não havia nada para pôr dentro da panela e cozinhar? Como funcionário público, ele pelo menos recebia um salário todo mês. Portanto, que guardasse para si seu estoicismo e as ideias brilhantes. É fácil filosofar de barriga cheia! Eles, no entanto, estavam cansados de comer saliva e fazer truques de mágica para transformar o peixe seco em bife suculento. Estavam mais do que determinados. *Cada partícula de vida tem de servir para conquistar a dignidade!*

Além disso, não era difícil derrubar os argumentos de Ndétare: acusava o homem de Barbès de ser mentiroso por inveja, ou talvez tivessem alguma desavença. Ademais, eles não se falavam. E, depois, já começam a ficar cheios de ouvir aquela história de Moussa. Claro que aquele pobre rapaz não teve sorte, mas isso não era motivo para desestimular todo mundo. Eles também conheceram outros emigrantes que tiveram sucesso além do homem de

Barbès. Na realidade, o nativo da ilha mais abastado era um ex-emigrante, que agora mora na cidade onde é dono de várias mansões. Eles o conheceram justamente no funeral de Moussa. Todos no vilarejo o invejavam e, pelo menos naquela vez, o homem de Barbès manteve-se discreto.

O sortudo da emigração atendia pelo nome de El-Hadji. Nós o chamávamos assim desde que retornara da peregrinação a Meca, mas na realidade seu nome era Wagane Yaltigué. Com o título honorário de El-Hadji, as três esposas e suas numerosas pirogas de pesca, todas equipadas com motores potentes, Wagane ambicionava a posição de notável. Suas canoas despertaram a admiração desses jovens futebolistas, todos filhos de pescadores. Aos olhos deles, aquele homem encarnava o mais belo dos feitos. Wagane sabia disso e se deleitava com isso. A cada movimento seu, o farfalhar do enorme *boubou* de *basin*, bem engomado, lembrava aos moradores do vilarejo tudo o que a vida mantinha fora de seu alcance: a riqueza. Ele também sabia que, entre invejosos e os que o odiavam, seus inimigos eram tão numerosos quanto os fios de sua barba. Então, para lhes atiçar a cobiça, de vez em quando arregaçava as mangas de seu *boubou*, descobrindo um relógio de ouro que lançava reflexos debochados dentro dos olhos dos invejosos. Na hora do almoço, de frente para os vizinhos sentados ao redor da tigela, Wagane enchia a boca com esganação. Ao contrário de alguns, que modestamente abaixavam a cabeça, fosse para respeitar o luto, ou para esconder os dentes amarelados, ou uma mandíbula sem barba, ele escancarava os dentes de ouro.

Antes de bater as asas para a França, Moussa trabalhou numa das pirogas de Wagane, durante sua curta estada em M'Bour. Mas esta não foi a única razão que levou esse antigo aldeão a voltar, agora que já era um morador rico da cidade. Por várias outras vezes, seus homens já haviam perdido um companheiro de pesca, sem que ele se sentisse obrigado a participar do funeral. Pode-se dizer que a morte de alguns de seus empregados o afetou menos do que a perda de uma rede. Afinal de contas, homens pobres, prontos para vasculhar o ventre do oceano Atlântico para conseguir o que comer, não hão de faltar nem até o fim dos tempos, e se oferecem aos montes, todos os dias, no porto pesqueiro. Moussa e os colegas tiravam tudo o que podiam do mar e, quando ele se vingava engolindo um homem ou até mais, o resto da tripulação, impotente, resignava-se. El-Hadji Wagane Yaltigué prontamente recompunha a equipagem, recrutada entre as dezenas de candidatos que aguardavam no cais, prontos para arriscar suas vidas por algumas douradas. O frequente desaparecimento de tripulações inteiras não é suficiente para dar trabalho a todos esses homens, invejosos de ver o sol pacientemente fazendo amor com o mar, um mar que cortejam durante dias e para quem dispõem apenas da melanina para oferecer. Com bastante frequência, essa dama dos sonhos se digna a entregar-se a eles, envolta num vestido de noiva azul-celeste cuja cauda esconde uma tumba imensa. Foi sem dúvida por isso que Moussa quis buscar outra coisa.

Wagane Yaltigué não jogou o punhado de terra sobre morto algum. Estava em Niodior porque o pai do falecido, apesar de pobre, era um dignitário tradicional, e tinha interesse em parecer íntimo. Esses funerais eram uma oportunidade para Wagane pavonear-se diante de um público seleto e aproximar-se dos grandiosos. Usava de estratégia refinada, agindo como aquelas personalidades do *show business* que vão a enterros muito mais por causa das câmeras do que para manifestar qualquer afeição pelo finado. Assim sendo, durante a refeição, El-Hadji naturalmente juntou-se àqueles que pareciam ter *status* elevado. Foi aceito pelos notáveis sem muita resistência. No fundo, os títulos de nobreza sempre foram uma questão de negociação. Desde que retornou da França, Wagane veio muito pouco ao vilarejo, mas cada uma de suas chegadas era tão fulgurante que cegava todos os habitantes. Se os homens maduros tinham desistido de chegar à sua altura, os jovens, por sua vez, se imaginavam em seu lugar. Vindo de família muito pobre e sem prestígio, tornara-se um dos homens mais poderosos da região e, embora alguns ilhéus orgulhosos lhe fizessem oposição cerrada, bem que gostavam de tirar proveito, na cidade, dos benefícios que lhes conferia o simples fato de se declararem seus parentes. Além do mais, essa era a única maneira que tinham de tirar partido do sucesso desse parente complexado por suas origens, que os havia abandonado, como diziam, para ir morar na cidade.

Porém, mais de um deles já se havia beneficiado de sua ajuda, indo vê-lo às escondidas. O que não lhe podiam perdoar era a recusa aos pedidos mais caros. Alguns parentes haviam tentado em vão tomar emprestado o valor de uma passagem para enviar os filhos à Europa. Sabendo que as dívidas dentro do clã geralmente não são pagas, Wagane, como bom administrador, fez ouvidos moucos. Curvaram-se humildemente diante dele, mas assim que virou as costas foi coberto por uma enxurrada de nomes que se repetiam: avarento! egoísta! E a onda se amplificou em eco daquilo que as bocas não se atreviam a proclamar: que morra, quero ver se vai levar a riqueza junto no caixão! Uma sombra se moveu nas noites do vilarejo. O marabu, acordado até tarde, colocava furtivamente um grigri dentro de um crânio, mediante o pagamento de qualquer pé-de-meia que zerava o pecúlio dos conspiradores. Mas Wagane continuava cheirando o aroma das cédulas de seu dinheiro, apesar dos olhares acusadores. Por maior que seja a gula de um leão, ainda lhe resta bondade suficiente para deixar carniça aos abutres: para melhorar a imagem, Wagane deu uma soma ao imã, como contribuição para reformar a mesquita e, para o time do vilarejo, trouxe uma bola de futebol de verdade e camisas em quantidade maior do que o necessário. Os jovens o achavam moderno e generoso. Nos treinos, só falavam sobre ele.

Wagane também sabia que todo notável que se preza tem que contratar o próprio *griot*. No vilarejo, o velho pescador, que lhe devia a pitança diária, tecia-lhe elogios apesar de tudo e de todos. Wagane lhe assegurou o ganha-pão ao ceder-lhe uma velha piroga a motor que só poderia se aventurar dentro de um braço de mar. Com a barriga cheia de carpas enlamaçadas, o velho acompanhava os treinos de longe. Quando os resíduos de peixe começaram a dar-lhe comichão nas gengivas, provocou os garotos pedindo que fossem limpar-lhe a boca e irritou o professor:

— Vocês já são adultos! Não adianta ficarem levantando poeira à toa. Assim não serão chefes de família respeitáveis. Vocês estão perdendo tempo com esse cara. Vejam Wagane. Ele, sim, é um modelo de verdade! Um filho digno da nossa terra. Foi até aos confins do mundo em busca de fortuna, e agora espalha o bem ao seu redor. Vão, vão embora, seja para onde for, mas vão em busca do sucesso em vez de ficarem aqui, servindo de companhia para esse depravado que se embranqueceu. Se ele tivesse um filho da idade de vocês, vocês acham que ele o deixaria brincar como está fazendo com vocês aí agora? Claro que não! Ele já seria um funcionário público, como ele próprio, um papagaio esperto, pago para inculcar a língua, os costumes dos brancos, e fazer vocês esquecerem tudo o que é nosso! Vão embora e procurem um trabalho, assumam sua própria identidade e não se esqueçam, meus filhos, *cada partícula de vida tem de servir para conquistar a dignidade!*

Para frustração do professor, a morte de Moussa, em vez de desmotivar os meninos, permitiu que eles se aproximassem de um homem cujo sucesso justificava de forma categórica o desejo de emigrarem. O velho pescador, como muitos outros, aliás, só fazia colocar mais lenha na fogueira. Mas isso provocou uma raiva tão violenta em Ndétare que chocou o pequeno time. Os aspirantes a campeões acharam que a reação do treinador foi excessiva. Eram jovens demais para saber o motivo que colocava os dois homens em lados opostos para além da diferença de opinião sobre a emigração. Perplexos, os garotos se dispersaram, deixando os dois adultos jogarem, um na cara do outro, palavras que jamais deverão entrar para o dicionário. Acostumados a verem um professor calmo e conciliatório com os moradores do vilarejo, se perguntavam por que ele se mostrava tão agressivo quando se tratava do homem Barbès ou do velho pescador. Não ousaram fazer-lhe perguntas, ficaram satisfeitos com os rumores locais e se entretiveram com outras coisas. O velho gostava de uma briga, mas não era afoito. Daí, seguiu o seu caminho, esquivando-se de enfrentar a ira de um adversário mais jovem e mais forte que ele. Como dizem no vilarejo, salvar a pele não é covardia, é sinal de inteligência.

O provocador sumiu de suas vistas e Ndétare foi aplacar a raiva no ancoradouro. Sentado no pontão, observava as folhas mortas voltarem a se prender entre os manguezais. As ondas do final do dia se sucediam, frias e silenciosas, encharcando ainda mais as pernas, que ele balançava mecanicamente. Ndétare sentia-se duplamente prisioneiro: dessa ilha, de que estava proibido de sair, mas também de sua memória, que nunca lhe deu o direito de viver outra coisa senão sua melancolia, passado tanto tempo. Sozinho, de frente para a água, estava à deriva, como um barco, em direção à escuridão do mar de suas lembranças.

Naquele ano, Deus havia abençoado a terra, multiplicado as chuvas e libertado os homens de todo o medo da fome: as colheitas retiveram os ilhéus por muito tempo em terra firme. Quando finalmente tiveram tempo para navegar nas pirogas, as ondas ficaram felizes em levar os cardumes para dentro das redes. O provérbio serere, segundo o qual Deus dá o que comer a cada boca que ele molda, confirmara-se. Era uma época de otimismo, só pensávamos em nos multiplicar. A longa jornada de trabalho no campo, realizado coletivamente, aproximava as famílias, provocando nelas a vontade de fortalecer os laços. Foi um ano particularmente próspero, ideal para celebrar casamentos.

À noite, as garotas saíam junto com as estrelas para ir a Dingaré, a praça do vilarejo. E ali, sob o olhar benevolente da lua, a mãe de todas elas, se desafiavam com graça e imaginação inventando canções. Por nada desse mundo perderiam essas reuniões de danças noturnas. A portas fechadas na sala de aula, compunham cantigas em exaltação à sua sensualidade, e poemas de amor endereçados ao príncipe encantado. Vozes de rouxinol acariciavam o topo dos coqueiros; calcanhares delicados pontuavam a batida na areia quente; o rufar do tantã marcava o ritmo de seus destinos. Ao mesmo tempo e sem que soubessem, dentro de casa os patriarcas realizavam reuniões secretas desprovidas de qualquer poesia. De acordo com uma lei ancestral, escolhiam um marido para elas baseados em interesses familiares e alianças permanentes. Aqui, raramente casamos duas pessoas que se amam, mas sempre aproximamos duas famílias: o indivíduo é apenas um elo na cadeia tentacular do clã. Qualquer brecha aberta na vida da comunidade rapidamente é preenchida por um casamento. A cama é apenas a extensão natural da árvore das palavras, o lugar onde os acordos previamente fechados entram em vigor. A mais alta pirâmide dedicada à diplomacia tradicional se resume a esse triângulo localizado entre as pernas das mulheres.

Exceto para Sankèle, a filha do velho pescador, que pretendia fazer de seu triângulo o santuário de um amor livre: um amor consentido para além das estratégias comunitárias. A sua sagacidade e a sua beleza lendária alimentavam na família a esperança de estabelecer laços com uma das famílias mais cobiçadas do vilarejo, cujo filho residia na França. Sankèle mal tinha dezessete anos quando, sem consultá-la, seu pai e seus tios escolheram-lhe um esposo, o homem de Barbès, que retornara da França para suas primeiras férias em casa. Era um bom partido, morava na Europa e a família dele não dependia mais da incerteza das colheitas. Vários pais desejavam entregar-lhe a filha. E inúmeras canções foram criadas em sua homenagem por donzelas prontas para segui-lo até ao fim do mundo. Mas a misteriosa poesia da bela Sankèle destinava-se a outro príncipe completamente diferente. Monsieur Ndétare, o professor, era o eleito de seu coração. E foi com horror que ouviu, da boca de seu pai, a notícia sobre o seu *Takke,* o noivado religioso, a ser celebrado na mesquita no final das férias do homem de Barbès. Sankèle gritou a ponto de estourar os pulmões:

— Não, papai! Não, não quero esse monstro. Ele é velho demais, feio demais. Além disso, ele está indo embora para longe, longe demais. Jamais me casarei com ele, prefiro morrer.

— Sua mãe disse a mesma coisa — replicou — mas ela me deu a menina mais bonita do vilarejo. Seu noivo vai embora, mas um dia vai levá-la com ele para a França, para o bem de todos nós.

Furiosa, Sankèle fez a célebre dança-tempestade que os coqueiros de Niodior imitam até hoje: aos prantos, balançava o corpo violentamente da esquerda para a direita, para a frente e para trás. Mas nem as lágrimas nem a recusa de comer durante vários dias quebrantaram a vontade do pai. Ele planejava realizar a cerimônia de casamento assim que o noivo retornasse dessa viagem que levaria dois anos. De manhã, foi dizer bom-dia à filha. Esta, encolhida num canto do quarto, repetia invariavelmente:

— Papai, eu não o amo, pai, não quero esse monstro, por favor pai...

— Quando a princesa estiver sozinha com o monstro, diz o conto, ela vai acabar por amá-lo— disse ele, sem levantar os olhos.

Somente a mãe, aprisionada nas tristes lembranças da juventude, parecia entendê-la: ela a consolava ao aconselhá-la a se submeter à autoridade paterna. Ela mesma perdera o apetite, mas na hora das refeições levava uma tigela de comida fumegante para a filha. A menina mal tocava no alimento, mas isso não era impedimento para que a mãe insistisse outras vezes. Como se sabe, o estômago de uma mãe está na barriga de seu filho.

Cansada de implorar ao pai, Sankéle decidiu lutar. Primeiro, era preciso retomar o contato com Ndétare, seu amado. Precisava do apoio dele, mas, como as paredes têm ouvido, ele nunca a procurou. Ao enviar Ndétare, aquele sindicalista encrenqueiro, para o ventre do Atlântico, o governo esperava vê-lo afundar juntamente com seus ideais. Mas as ideias são sementes de lótus que dormem só para crescerem mais pujantes. Ndétare manteve-se firme e arou sua terra com valentia: ensinar, agora e sempre, semear ideias em todo cérebro disponível. Gostava de passar horas conversando com sua dulcineia sobre os grandes personagens da História de todos os tipos de resistência, incluindo as do feminismo. Portanto, embora analfabeta, foi de forma muito natural que Sankèle adquiriu o senso de rebeldia. Para surpresa geral, se levantou contra a família, determinada a recusar, até o fim, o casamento que lhe impunham. Ao desafiar as proibições, Sankèle encontrou ternura e apoio junto de Ndétare. Com ele, como num giro suave de carrossel, experimentou discretamente a embriaguez do amor correspondido. Uma delícia desconhecida da maioria de suas amigas, que começavam a estranhar as frequentes ausências durante as danças noturnas. A mãe se preocupava porque ela voltava cada vez mais tarde para casa, muito depois do último toque do tantã. Esperava-a na soleira da porta e, assim que a viu surgir da escuridão, disse em tom de reclamação:

— Cuidado, Sankèle! Não nos envergonhe diante do vilarejo! Todo mundo está falando de você. Se você fizer alguma besteira antes do seu casamento, estamos perdidos. Seu pai nunca vai me perdoar. E você, ele vai te matar, é o que manda a xaria.

Sankèle não perdeu tempo para fazer alguma asneira. Decidira fazer de Ndétare seu primeiro homem. Essa honra ela só poderia dar àquele que amava. Mas não entregar sua virgindade ao garanhão que haviam escolhido não era o único objetivo de sua manobra. Como o toque final da diplomacia se dá entre as pernas das mulheres, as declarações de guerra também podem vir de lá. Sankèle sabia disso. Ser mãe solteira era a maneira mais radical de reduzir a pó a estratégia matrimonial engendrada pelo pai.

Ndétare gostou da iniciativa. Para ele, o estrangeiro condenado a permanecer na ilha, essa era a única maneira viável de arrancar uma menina do vilarejo da casa de sua família para se casar. As ternas noites dos encontros de amor continuaram. A chuva caiu sem cessar e a semente brotou sem aviso prévio.

Sankèle, satisfeita, mas preocupada, conseguira esconder seu estado até o começo do quinto mês. Sem um ginecologista, nem o olho delator da ultrassonografia, a larva prendeu as ventosas e esperou que o corpo falasse por si. Sankèle pôde silenciá-lo, apertando um pouco mais o *pagne*. Mas foi traída pelos seios, transformados em odres ansiosos por matar a sede de viver de uma criança que havia esquecido de pedir permissão para nascer. Se a mãe cozinhava mais devagar de tanto encharcar a lenha com as lágrimas, os olhos do pai estavam ressequidos pelo Etna escondido no coração. Depois de dar uma surra em Sankèle sob o olhar impotente da mãe, como senhor absoluto, decretou:

— Você não vai sair deste quarto até que, até que... Enfim, você vai ficar aqui! Entendido?

Sankèle tinha entendido, e a mãe também: a notícia da gravidez não deveria se espalhar. O que elas não entenderam, porém, foi como alguém poderia, mais tarde, manter o nascimento do bebê em segredo. A mãe tentou chamar o marido à razão:

— Mas...

Ele partiu para cima dela e a calou com uma sonora bofetada, e aos gritos:

— Cale a boca! Você sempre evitou dar os corretivos que ela merecia! Do que nos valeu sua falta de pulso! Essa vagabunda não nega a mãe que tem! Mais uma palavra e repudio você!

Nesse canto da Terra, na boca de cada mulher coloca-se a mão de um homem. Que assim seja!

Mas a mãe de Sankèle não precisou de muito tempo para forçar-se a silenciar. Poucos meses depois da ameaça do marido, ela perdeu definitivamente o poder da fala.

Era uma noite de lua cheia, nem Sankèle nem sua mãe dormiam: alguém bateu na porta do mundo.

Os cachorros latiam de maneira atípica. A coruja anunciava

que sabia de coisas que os homens não sabiam — dizem que aqui os comedores de almas se transformam em corujas à noite, e relatam seus crimes soltando longos pios. A cabra do vizinho lambia sua cria. Ao longe, os lobos espreitavam o cordeiro imprudente que se desgarrou do rebanho. O mar, despertado pela fome, rugiu, mordeu a terra e exigiu dos *niominkas*, como Minos dos atenienses, o seu tributo em forma de humanos.

Alguém estava ficando impaciente e batia na porta do mundo.

Sankèle, banhada em suor, gemeu com compostura. Foi proibida de gritar sua dor, já que foi responsabilizada pela maior das penas: a desonra familiar.

Alguém estava forçando a porta do mundo.

Sankèle agarrou-se à mãe, cerrou os dentes e começou a choramingar:

— Hummm! Mamãe!

— Cale a boca! — ordenou o pai, postado atrás da esposa, com uma sacola de plástico na mão.

A mãe sobressaltou-se. O que ele estava fazendo ali, com aquele saco de plástico na mão? Ia enchê-lo na mercearia, em troca de algumas moedas de francos CFA, com açúcar refinado que dá sabor ao mingau de milho com óleo de palma, servido às mulheres que estão de resguardo? Segundo a tradição, ele não poderia ver o mistério que sempre foi um dos raros privilégios dados às mulheres.

— A gente vomita por onde se alimenta! — acrescentou, sentenciando.

— Vamos, minha filha, coragem, um pouco mais de força, está quase acabando — murmurou a mãe segurando as lágrimas.

Alguém empurrou a porta do mundo.

Uma mão trêmula cortou o cordão umbilical e ofereceu um trono de algodão branco ao hóspede imprudente. Apesar da delicadeza com que foi cuidado, ele parecia ter entendido que lhe pediam para não perturbar o silêncio do mundo. O primeiro choro dele foi tímido e rápido. Pingamos na língua algumas gotas de uma água doce na qual uma raiz foi macerada. Chupou as mãozinhas que, sem descobrir por qual objetivo deveria agarrar-se à vida, voltaram para proteger o rostinho. Teria sido confundido com um boxeador, não fosse por seu tamaninho: o rosto carrancudo e arroxeado parecia ter escapado por pouco dos punhos de Mike Tyson. Quanta afetação quando exclamamos diante dos recém-nascidos: "Ah, ele é tão fofo!" Eles nunca são bonitos, o nascimento em si é que é belo.

Sankèle recuperou o fôlego e, apesar do cansaço, tentou reconhecer no rosto do filho, deitado ao lado dela, os traços do amado. Sua mãe pegou uma bacia e foi tirar água do grande pote, num canto do quintal. Quando voltava para o quarto, um grito estridente abriu a terra quente sob seus pés. Gelou ao ver Sankèle passar correndo por ela, com as mãos na cabeça. Tentou agarrá-la, em vão. Voltou para ir cuidar do bebê. O espetáculo com que se deparou privou-a do uso da palavra para todo o sempre: o marido colocara a criança dentro do saco plástico e a amarrara como carne de porco assada. Diante do olhar estupefato da esposa, informou friamente:

— Um filho ilegítimo não pode crescer sob o meu teto.

Saiu do quarto, o embrulho debaixo do braço, e seguiu em direção ao mar. Depois de colocar o corpinho na sua piroga, remou para o mar aberto. Quando achou que estava longe o suficiente da praia, prendeu o corpo numa pedra grande, mergulhou-a no fundo do Atlântico e retomou o rastro deixado no mar de volta para a terra.

Uns golfinhos, acompanhados dos filhotes, davam mergulhos atrás da piroga. Eles permaneceram amigos dos humanos. Às vezes se aproximam do vilarejo e parecem se divertir apostando corrida com as pirogas. A lenda diz que Sédar e Soutoura agora têm uma grande família: transformam bebês afogados em golfinhos e os adotam.

O velho pescador mal tinha passado da soleira da porta quando a voz cautelosa do muezim fez os galos cantarem. O sopro da aurora dissipou o azul da noite. Ele fez suas abluções, pegou o rosário e foi para a mesquita. *Allah Akbar!*

Desde aquele dia, sua esposa se refugiara na fortaleza do silêncio, deixando para as lágrimas a tarefa de dizer a profundidade de sua fonte. Nunca mais se viu Sankèle enterrar os pezinhos na areia branca de Niodior. Sua corrida frenética acabou em frente à porta de Ndétare. Este, por sua vez, não vendo meios de ajudar a namorada, resignou-se a colaborar com a fuga: tinha de salvar Sankèle, ajudá-la a sair do vilarejo. Se a ilha é uma prisão, toda a sua circunferência pode servir de saída de emergência. Como homem da terra, o professor não tinha canoa e nem sabia marinhar. Os homens ainda estavam na mesquita quando bateu na porta de um amigo condutor de piroga, tio de Madické, que se colocou à disposição. Pediu a Ndétare que levasse Sankèle ao outro lado do vilarejo, na margem selvagem, circundado por manguezais e áreas pouco frequentadas. Depois foi para o cais, pegou uma canoa e contornou a ilha. Ndétare, com o coração pesado, despediu-se da amada; entregou-lhe todas as suas economias, o suficiente para viver na cidade enquanto procurasse por emprego, certamente um trabalho de empregada doméstica. Sankèle embarcou, disfarçada de homem.

— Nunca se sabe — disse o barqueiro ao amigo — se vamos cruzar com algum pescador, é melhor que você lhe empreste um de seus ternos.

De fato, em alto-mar, foi cumprimentado calorosamente por pescadores que voltavam para o vilarejo, convictos de que tinham avistado a silhueta do professor. Ficaram surpresos ao vê-lo na mesquita no início da tarde para as orações de sexta-feira.

— Mas vimos o senhor sair cedo hoje de manhã, certo? O senhor estava naquele barco chamado Saly Ndène —, conforme tinham ouvido falar.

— Não — respondeu formal. — Hoje de manhã dei aula, perguntem às crianças. Além disso, como sabem, não tenho direito de sair da ilha e não sei manejar uma piroga.

Aqui, todas as canoas têm um nome. Às vezes não se consegue reconhecer os passageiros, mas sempre identificamos as pirogas pela velocidade que desenvolvem, os galhardetes e pinturas específicas. Viram Saly Ndène vencendo as ondas com audácia. E, assim que o condutor da piroga atracou no final do dia, perguntaram a ele sobre o companheiro. Jurou que ia sozinho a Ndangane Sambou para comprar velas sobressalentes para o motor de Saly Ndène.

Os miniônibus, que saíram de Ndangane Sambou pela manhã, despejaram uma multidão de pessoas do campo nos labirintos da capital. Os pequenos pés de Sankèle tinham pisado o chão negro e oleoso de Dakar. O que aconteceu com ela desde então? Ninguém jamais soube.

Dois anos depois desses eventos, algumas pessoas de Niodior que voltavam da cidade afirmaram tê-la visto dançando num balé da capital. Todo mundo ficou escandalizado: uma autêntica *guelwaar*, uma filha da nobreza, não se apresenta em shows! Mais tarde, as ondas jogaram outro boato no vilarejo: Sankèle teria ido exercer sua arte na França. Inclusive, o homem de Barbès teria tentado encontrá-la em vão. Perdida num espaço indeterminado, Sankèle tornou-se uma forma difusa num território imaginário. Mas para todos nós daqui a França, o El Dorado, também representava o destino mais distante de todas as aventuras, imaginada como uma espécie de lugar mítico de perdição, o refúgio dos *Pitia-môme-Bopame*, os pássaros livres, que voam para todos os lugares. No entanto, este último boato trouxe um pouco de alento à mãe de Sankèle, que tinha esperança de vê-la um dia voltar da Europa rica o suficiente para reabilitar a boa imagem da família. Mas o tempo se tornou um coveiro de sonhos. Ao longo dos anos, o nome de Sankèle deixou de inspirar histórias e de aparecer nos búzios dos feiticeiros. Apenas a mãe e Ndétare tinham gravado em seus corações os contornos da grácil silhueta. Mas permaneceu na interseção das vidas de Ndétare, do velho pescador e do homem de Barbès. Separados aparentemente, seus destinos se cruzam e se encadeiam nela. Rancor, raiva, arrependimento e frustração são apenas os caminhos tomados por empréstimo à memória para levá-los a beber da mesma fonte de lembrança. Dos três homens, Ndétare foi o mais afetado por essa história. Cego por suas convicções, o velho pescador ainda estava convencido de que fizera o que era necessário fazer. Quanto ao homem de Barbès, só sentia a ferida comichar na frente de Ndétare. Somente o professor manteve essa dolorosa fidelidade que o impossibilitou de ter qualquer outro relacionamento amoroso e o trancava, em intervalos regulares, dentro de um profundo silêncio. Quando atravessou uma dessas fases, todos os divertimentos que inventava para fugir do passado de repente pareciam ridículos. Como um Emule d'Argan, fazia o papel do doente imaginário e dispensava sem nenhuma deferência os garotos que vinham importuná-lo por causa do esporte.

— Não me sinto bem, meninos. O treino vai ficar para outra hora. E, depois, não basta trabalhar apenas o corpo, é preciso trabalhar a mente também. Vocês só pensam em manter o físico.

— Nós amamos a vida! Queremos manter a forma — resmungou Garouwalé, o Pinga-Fogo, que sempre tinha algo a dizer.

— O seu ser, a sua humanidade, demandam mais do que isso. Aprendam a olhar para fora de si mesmos. Então aproveitem esse tempo livre para se perguntarem o verdadeiro significado da existência, essa linha tênue. Será possível apreciar a vida quando se tem apenas a si mesmo para amar? E, além disso, qual é o sentido de percorrer a linha, quando sabemos que só há o abismo no final?

Os meninos sentiram os ombros descaírem sob o peso de uma cruz que não sabiam de onde vinha. Naquele momento, Ndétare saboreou o efeito de seu discurso sombrio. Mas, assim que os jovens debandavam e tudo o que ouvia era o eco das paredes, orava secretamente para que voltassem e o salvassem daquelas horas vazias que o atraíam ao precipício.

8

Madické levou a reflexão do professor ao pé da letra e acreditou ter encontrado uma resposta. Não era egocêntrico, amava outra pessoa mais do que a ele mesmo: Maldini. Tudo o que fazia visava a aproximá-lo dele. A influência dos amigos e a implicância do velho pescador tinha precedência sobre a retórica antiemigração de Ndétare.

Os momentos dos treinos representaram para Madické a única válvula de escape para a frustração. A falta deles, ao contrário, gerou uma ociosidade propícia ao surgimento de pensamentos os mais irracionais. Até então, eu conseguira impedi-lo de se arruinar, tal como os amigos, em consultas a marabus que especulavam em cima dos sonhos inocentes dos meninos. Mas dessa vez a decisão estava tomada, faria qualquer coisa para ir à Europa, conhecer seu ídolo, seu duplo e ser como ele. Ser um grande jogador de futebol, era esse, verdadeiramente, seu desejo mais imperioso. E tinha certeza de que chegaria lá.

— Alô! Sou eu, Madické.

— Sim, tudo bem?

— Tudo. Me ligue de volta para o telecentro.

Desligo e ligo de volta imediatamente. "Não tem jogo", disse a mim mesma. "Para me ligar bem no meio do dia, deve ser importante."

— Vamos lá, estou te ouvindo, mas seja rápido, é mais caro durante o dia.

— Você quer mesmo me ajudar a viajar?

— Viajar para onde? Não estou entendendo, você quer dizer...

— Isso, para a França, me ajudar a encontrar um clube.

— Você está maluco, é? Não sei nada de futebol; e, depois, vou pagar a passagem com o quê? E, principalmente, você vai viver de quê aqui?

— Bem, se você me ajudar a comprar a passagem, vai dar tudo certo, porque depois, quando eu estiver jogando, vou ganhar...

— Você deve estar brincando, né? Eu não tenho dinheiro para pagar uma passagem; e, depois, você tem mais é que conseguir jogar num bom clube do seu país, porque há bons times aí também.

— Eu sei, mas quero ver Maldini jogar, e não vai ser aqui que vou conseguir isso.

— Bem, e nem na França também; ele é italiano.

— Claro, eu sei disso! Mas todos os caras daqui que vão para a Itália normalmente passam pela França. Mesmo assim, você vai poder me ajudar, né?

— Não é que eu não queira, eu não posso.

— Então, vou consultar um marabu, pelo menos eles sempre têm alguma solução.

— Ah, não! Isso é que não! Você não vai ser depenado por esses mafiosos, eu proíbo você!

— Mas espera aí! Já que você não quer me ajudar, então... quero encontrar uma solução por mim mesmo...

— Mas não é um marabu que vai resolver o seu problema! Mas isso é uma loucura, como você pode confiar nessas pessoas?

— E por que não deveriam ser confiáveis? Você sempre os deprecia, sem motivo algum. No entanto, a eficiência deles já foi comprovada muitas vezes: olhe para Wagane, por exemplo, foi o marabu do vilarejo que o ajudou, e ele foi muito bem-sucedido.

É você que não quer acreditar. Você acha que penetrou em todos os mistérios porque frequentou a escola! Você realmente está ocidentalizada! *Mademoiselle* agora critica nossos costumes. E, além disso, como você se tornou uma individualista, você nem quer me ajudar. Então, quem é você para me impedir?

 Desligo, mergulho no sofá e fico olhando para o teto. Porra, e nem posso contar ao meu irmão a sujeira que me levou a fugir dos marabus!

 Contar ou não contar? Como contar? Com ou sem pontuação? E aí, o que fazer? Umas linhas se desenham no teto: narrador, sua memória é uma agulha que transforma o tempo em renda. E se os vazios forem mais misteriosos do que os contornos do desenho? Qual parte de você poderia preencher os vazios de sua renda? Quem é você?

 Metamorfose! Sou folha de baobá, de coqueiro, de mangueira, de *quinquéliba*, de *fégné-fégné*, de *tabanany*, sou um argueiro de palha. Não exatamente, já que o vento não me carrega! Metamorfose! Sou um tijolo dessa parede, uma placa de mármore, de granito, uma esfera de ônix. Sou um busto de Rodin, uma estátua de Camille Claudel. O tempo da vida me contorna e sou esse vazio na renda do tem. Não exatamente, já que minha mão faz o vai e vem que participa da tecelagem do tempo! Há muito tempo, na penumbra de um pequeno cômodo, esses pensamentos talvez fossem os meus, frente à África e seus ritos. Objeto fizeram de mim, objeto me tornei.

 — Vá em frente, Salie, continue! — disse minha tutora, a velha Coumba, que estava de frente para sua filha, Gnarelle.

 Coumba devia ter bem mais de sessenta anos e a filha já tinha passado dos trinta havia tempos. Agora eu era estudante do ensino médio e tinha acabado de mudar de cidade para estudar, como é comum acontecer. Protetora, minha avó queria me deixar sob a asa de um anjo da guarda, até que eu encontrasse um emprego qualquer e um quartinho para alugar. Depois de passar em revista a extensa família, me confiou a uma das primas, Coumba, pertencente ao enésimo ramo da árvore genealógica. Devido aos nossos raros genes comuns, e acima de tudo feliz por capturar mão de obra facilmente, Coumba acolheu-me e me manteve morando por muito tempo em sua casa, onde conheci a filha, Gnarelle.

Morando na casa da mãe, Gnarelle recuperava-se de um divórcio e gabava-se dos dois filhos para acumular condecorações e compensar a perda do posto de esposa. Estava quase completamente curada, pois voltou a ter um ar confiante e o sorriso insinuante. Havia redescoberto os encantos da sedução graças a um pescador rico, vizinho da mãe, que percebeu seu sorriso forçado, e pôde ler sob a maquiagem o letreiro que dizia: *Espero desesperadamente por um novo casamento!*

No final da tarde, quando a jovem seguia para o porto pesqueiro, o ex-imigrante Wagane Yaltigué, o El-Hadji dos dentes de ouro, percorria a costa fazendo o controle do produto da pesca de suas múltiplas pirogas, mas não a perdeu de vista e dedicou-lhe uma atenção muito significativa. Encheu um balde de plástico com peixe de alta qualidade, embrulhou tudo junto com uma nota de dinheiro de valor elevado e mandou entregar por intermédio de um *môl*, um aprendiz de pescador, que invariavelmente repetia:

— Tia, meu tio manda cumprimentá-la e envia-lhe esses peixes para grelhar.

Era um quintal fedorento, sem pétalas de rosa, idealizado por uma imaginação mais rasa do que porão de barco, mas que tinha o mérito de produzir assiduamente e ser bem dividido. Ao aceitar o pequeno agrado, a jovem acabou por sentir o coração solitário incendiar-se. A mãe alimentava o fogo, estimulada por outras pessoas. A *griotte* do bairro, agente secreta das fofocas, que tirava o que comer na bajulação, discretamente saiu espalhando os rumores. Quando ia à casa de Coumbar esmolar um pouco de arroz, dinheiro, sabão, cada vez que Gnarelle passava aproveitava para lisonjeá-la: "Ah, minha filha! *Kar-Kar!* O que dizer de tanta beleza, senão que ela derrete o coração dos homens, com razão. Minha querida Coumba, a barra do meu *pagne* me contou que o pirata que vai levar nossa princesa não está muito longe: apesar de estar grisalho para além das têmporas, ele é bonito, é gentil e dá dinheiro. A pátina não estraga a madeira de qualidade. Como dizem na minha terra natal, Baol, se é que você quer minha opinião, a beleza de um homem está no seu bolso — e também lá, onde o lagarto saltita — mas isso, isso já não é mais assunto de uma velha senhora como eu. Vamos, minha filha, dê algum a essa sua tia *griotte* para ela comprar uma noz de cola." Nem questionamos sua intuição. Demos a ela um dinheiro qualquer; queríamos nos livrar dela e que se calasse.

Pouco tempo depois, na casa ao lado, a jovem preparava grelhados que deliciavam as papilas gustativas de El-Hadji e deixavam o aroma subir pelo muro para fazer cócegas nas velhas narinas da mãe Coumba. Sossegada em seu casebre, a nova sogra já desfrutava do capitão e de sua aposentadoria inesperada. Todos os dias de manhã, imaginando as futuras postas de filé de peixe, ela ia, de rosário na mão, desejar boa pesca ao genro-provedor. Mas o melhor peixe capturado pelo capitão foi aquela ninfa que buliu graciosamente a brisa do sol mortiço. Fez dela a sua *gnarelle*, sua segunda esposa. Com apenas dez meses de casados, ela orgulhosamente deu-lhe um bebê bem gordinho, um menino. Gnarelle foi festejada, engrandecida e coberta de presentes por seu marido e parentes dos sogros, todos felizes em ver o nome da família continuar pela posteridade.

Adulada, Gnarelle tornou-se uma magnífica *dryanké*, uma senhora vaidosa e petulante, cheia de joias e roupas de dar inveja. Atravessando o grande quintal da casa ou a caminho do mercado, andava gingando e o balanço de suas nádegas arredondadas parecia imitar a arfada das pirogas entre as ondas do Atlântico.

Tudo isso aconteceu sob o olhar da primeira esposa, Simâne,

que se recolheu à própria órbita, para ficar longe daquele excesso de alegria. Mas seus ouvidos autonomamente se mantiveram bem abertos e puderam captar, entre os muitos parabéns dirigidos à primeira mulher petulante, alguns provérbios e piadas maliciosas proferidas contra si, que não conseguira dar nada além de meninas ao marido.

Todos a chamavam de "cabaça quebrada", incapaz de conter o futuro, seus sete frutos não eram mais do que pedaços dela mesma: só meninas! Também diziam que, por culpa dela, o marido estava alimentando bocas inúteis que, longe de contribuir para a perenidade do sobrenome Yaltigué, aumentavam a família dos outros.

Simâne lamentava-se em seu quarto na companhia de sua solidão e tristeza, as únicas amigas que lhe restaram, gesticulava e se repetia alguns provérbios que haviam sido plantados em sua cabeça e que se entrelaçavam como muitas ervas daninhas: "Alimentar meninas é engordar vacas que nunca nos darão leite". Ou ainda: "O pastor sem um touro termina sem rebanho."

A lembrança da zombaria de que o marido era vítima antes das núpcias com Gnarelle lhe voltou à cabeça. El-Hadji Wagane Yaltigué frequentava a praça principal do bairro, onde se juntavam os homens, os vizinhos e colegas, cujas riquezas se resumiam às hordas de esposas acompanhadas por um exército de crianças famélicas, e que consideravam a monogamia de El-Hadji infamante. Pelas costas era chamado de roncolho, porque o homem que tem dois colhões deve ter pelo menos duas mulheres. Alguns diziam que a única coisa que El Hadji sabia comandar era o mar; que em casa era Simâne quem vestia calças; e que por isso não se atrevia a ter uma segunda esposa. Outros falavam que era monogâmico por imitar os brancos porque vivera durante muito tempo na França. Almas bem-intencionadas mostraram a El-Hadji que faltava o *status* que lhe consolidaria a notabilidade, e ofereceram seus serviços para remediar o problema. Fizeram questão de lembrá-lo de que ainda não tinha um filho homem. O sete é o número da perfeição, assim sendo, concluíram, se a mulher não foi capaz de satisfazê-lo depois de parir tantas vezes, não há mais o que esperar dela.

— Ah, esses servos de Satanás! Estão destruindo minha vida! Vão para o inferno, vocês todos!

E Simâne terminou seu monólogo com um ataque de raiva:

— E essa garota empertigada, casa-se vinte e cinco anos depois de mim e dá ao meu marido o touro que ele vem esperando todo esse tempo! Maldito seja o meu ventre que só gerou o meu infortúnio!

Dentro de seu inferno, Simâne geria os encharcamentos provocados pelos hormônios com sonhos eróticos e lembranças de abraços, abraços que só existiam na sua memória tátil e na outra ala da casa, onde Gnarelle permitia-se graciosamente desfrutar. Das profundezas de sua masmorra sentimental, via a jovem Gnarelle assentada em seu trono, cujos faustos e amores ela invejava até o dia em que...

Gnarelle adorava o poder matrimonial que detinha, era-lhe prazeroso e fazia o máximo possível para mantê-lo. Queria encerrar o fogo de seu El Hadji dentro dos limites do seu triângulo. Mas, para cortar o cabelo de Sansão, era preciso mais do que o balbucio de um bebê. Passou então a variar os pratos, os penteados e as pequenas atenções dispensadas ao marido. Quando a noite chegava, a renda de suas roupas de baixo deixava entrever as inúmeras facetas de sua sensualidade. *Allah Akbar!* exclamava El-Hadji, fingindo não olhar quando cruzava com ela na escadaria ou no pátio a caminho da mesquita para a oração da noite. Ainda bem que ele sempre usava calças folgadas! *Allah Akbar!* Deus é grande! A vida era só alegrias para Gnarelle, que ignorava os suspiros da primeira esposa até o dia em que...

Até o dia em que ela precisou de gengibre para temperar molhos e preparar coquetéis que inventava para o marido, e outras coisas muito mais importantes ainda. Mas não houve nem gengibre nem renda, que ao longo do tempo ganhava cores cada vez mais berrantes e ficava mais transparente, que conseguisse recuperar o nível da temperatura, trazendo de volta o tônus amoroso de seu marido grisalho. O sol finalmente se pôs, o lagarto se retorceu e saiu do esconderijo. Será que voltam amanhã? Talvez, se não chover, e se o lagarto não encontrar melhor abrigo!

Apesar das orações e dos incensos, os dias que se seguiram foram chuvosos para Gnarelle e o lagarto já não procurava mais o seu abrigo. De manhã levantava mal-humorada da cama, cujos lençóis praticamente não tinham sido amarrotados. Adormecia, quando conseguia, incendiada; seu El-Hadji, que julgava enfraquecido, extravasava sua paixão em outro lugar e parecia estar tomando gosto.

Um velho camponês de Fimela, que havia tempos lhe devia muito dinheiro, acabara de lhe oferecer a mão da filha de dezesseis anos. Quem disse que na África moderna já não existe escambo? Por meio desse gesto, o velho lavrador zerou a dívida e, ao mesmo tempo, construiu uma aliança invejável. Quanto a El-Hadji, se não pediu nada, também não fez nenhuma objeção. Nunca vi um leão desprezar uma gazela. E El-Hadji ficou em Fimela durante muitos meses.

Cansada dos dias de espera e das noites insones, Gnarelle foi até a casa da mãe. A senhora Coumba, na qualidade de mulher experiente, imediatamente decidiu remediar a infelicidade da filha. Era necessário reconquistar e preservar o marido inconstante e, por uma causa tão importante, todos os meios eram justificáveis. Depois de fazer, em vão, todos os sacrifícios que a invocação da memória dos antepassados requer, a velha Coumba mandou chamar um marabu de *peul*, cuja reputação se espalhara pela cidade de M'Bour como rastro de páprica picante. Aqui, tudo o que se come é condimentado e todos os rumores que circulam no mercado servem para aguçar o apetite das mulheres que não sabem qual molho preparar para apimentar o casamento insosso. Jamais se joga o jogo da poligamia sem um marabu. *Marabu*, essa palavra redonda, volumosa e carnuda, um som antigo, significava nesse caso um jovem que fedia a água-de-colônia e cujo aspecto denotava um sedutor contumaz. Desembarcou na casa de mãe Coumba um dia à noite, como manda o pacto tácito de discrição de uma sociedade na qual muita gente só vai ao banheiro depois de ouvir o marabu e ninguém admite abertamente que tem um como conselheiro.

O cirurgião que iria remendar o coração dilacerado de Gnarelle, passar a ferro o casamento enxovalhado e trazer-lhe um segundo frescor chegou, portanto, numa noite trazendo uma grande mala como única bagagem. Minha tutora, a velha Coumba, mandou que eu liberasse meu quarto onde receberia o *peul*. Era um pequeno cômodo que servia de adega, antes da minha chegada, sumariamente mobiliado e ao qual acrescentamos um tapete para as rezas e uma chaleira para as abluções do hóspede sagrado. Após sua primeira oração da noite, fui encarregada de levar-lhe um delicioso jantar, servido numa tigela de dimensão respeitável, um melão inteiro, uma coalhada doce e uma garrafa de limonada bem fresquinha. Coumba e a filha mostraram que conheciam a *téralgane*, a etiqueta de receber bem um convidado, e respeitaram a *téranga*, a hospitalidade nacional.

No entanto, desde que El-Hadji, como um velho mosquito, sugou o sangue da menina de Fimela, transformando o futuro dela em presente, injetou-lhe junto com sua semente a malária da cidade, esse gosto imoderado pela vida burguesa. Aliando a evolução de sua morfologia com a de sua situação social, a pequena camponesa tornou-se cada vez mais ardente ao consumir a velha madeira. Enquanto que em M'Bour, Simâne, a primeira esposa, dependia da comida que a família lhe mandava à noite e que Gnarelle se endividava para manter as aparências, em Fimela El-Hadji se deixava capturar por uma rede mais nova e, portanto, mais forte. A menina agarrava-se a ele pretextando febre e vertigem, que nada tinham a ver com o amor, mas que ela gostava de interpretar por ingenuidade ou deliberado desconhecimento das oitavas que separam um suspiro de enfado de um gemido orgástico provocado pelas tantas flechadas do Cupido. Se Gnarelle empenhava-se em dissimular a tristeza sob a areia fria das noites de M'Bour, a nova amante se matava tentando fingir paixão. O que era ainda mais fatigante.

Depois do jantar, a velha Coumba trouxe a filha. Ambas confiaram ao marabu o objeto de seus problemas e explicaram-lhe o milagre que esperavam dele. O *peul* fez uma lista dos seus prêmios, enumerou os nomes de um monte de mulheres, todas clientes satisfeitas. Para encerrar a consulta, ergueu os olhos e as mãos para o céu, a voz límpida encheu o cômodo com um *Bihismilahi*, seguida por uma série de palavras incompreensíveis para as duas mulheres. Em meio a um profundo silêncio, imitaram o gesto dele, com a diferença de que não estenderam as mãos ao céu, mas ao intercessor, que ao final da oração as cobriu com uma chuva de saliva sagrada. *Alhamdou lillahi!* Obrigado, Alá! Gnarelle e a mãe, impressionadas com o jovem alto e seus fetiches, retiraram-se, curvadas em sinal de respeito e cheias de esperança. O santo homem então desejou estar sozinho para rezar, meditar antes de ir dormir, pois, como disse, era durante a noite que consultava os espíritos e recebia as instruções. Naturalmente, esses espíritos fixavam o custo dos serviços prestados, a necessária compensação.

A cidade, pouco a pouco, foi baixando a voz. Ajeitei meu beliche ocasional na sala de estar. A noite dos espíritos veio gingando em seu longo vestido preto, obstruindo a passagem às ideias cartesianas, apagando as tochas que Mariama Bâ, Ousmane Sembène e outros se esforçaram para acender. A verdade ainda estava esperando Godot! Meu sono também. Quando todos já tinham se deitado, o *peul* atravessou a sala para ir ao banheiro. Muito bem! Será que ele era um homem como os outros? Eu acreditava que os marabus, que encontravam solução para tudo, teriam resolvido definitivamente, pelo menos para si mesmos, aquelas pequenas necessidades sobre as quais a natureza nos manda um aviso e que são tão inconvenientes durante a meditação. Mas aquele marabu pelo menos sabia segurar a própria necessidade. Fiquei com os olhos semiabertos, observando, desconfiada. Ele parou em frente ao meu beliche, olhando-me insistentemente. Porém, a natureza deu o toque de comando para que prosseguisse. E quando ele voltar? Metamorfose! Sou um Buda de bronze embaciado, almas saem do antro de Lúcifer, deixando-me suas trevas e partem, aureoladas pela minha luz. Buda, prendo o fôlego quando, arrastada pelo rio dos pecados, um olhar penetrante crava sua lâmina na minha carne muda e passiva. Então, ao voltar, o marabu se deteve diante do meu beliche e, com a boca entreaberta, fitou-me longamente. *Youmam Babam, AllahouAkbar!* murmurou, antes de ir-se. Será que os espíritos lhe sopraram alguma inspiração sobre um *modus operandi*? Será que fizeram do meu corpo o pergaminho de uma mensagem secreta?

No dia seguinte de manhã, em frente a uma xícara de chá de *quinqueliba*, meia baguete com bastante manteiga e alguns bolinhos de chuva caseiros quentinhos, ele cumprimentou minha tutora e a filha, que haviam chegado ao primeiro cantar do galo. Em um longo discurso ascendente, revelou o caminho necessário à reconquista da felicidade de Gnarelle. Entregou à jovem um cordel que enlaçava umas pequenas raízes, uma mistura de ervas trituradas e uma garrafa cheia com um líquido enegrecido, e explicou:

— De agora em diante, você vai usar este cordão ao redor da cintura. Coloque três pitadas deste pó no jantar do seu marido, todas as noites, durante uma semana. Comece numa sexta-feira e termine na sexta-feira seguinte.

Gnarelle, de cabeça baixa, estendeu ambas as mãos para "o senhor", em gestual religioso, salmeando o agradecimento.

— Cuidado — continuou o *peul* — com o preparado desta garrafa; ele tem um feitiço muito forte que inevitavelmente vai virar contra você se as outras esposas tocarem nele. Não confie nelas, e insisto nesse ponto porque estão agindo nas sombras.

— *Wallaye, wallaye!* — exclamou mãe Coumba. Minha filha está sem vida, como se tivesse sido esvaziada de sua energia.

Então, olhando para ela com os olhos rasos d'água, a velha senhora acrescentou:

—Sabia que elas não eram inofensivas.

— *Deugue, deugue,* é verdade — murmurou Gnarelle — meu corpo já não me obedece e não prego mais os olhos à noite; com certeza me puseram mau-olhado.

— Não se preocupe — continuou o arrojado marabu, com um sorriso radiante no rosto. — Deus tem uma solução para cada uma de nossas aflições. *Inch'Allah,* tudo vai voltar ao normal, se você seguir minhas instruções até o fim.

— Vamos fazer tudo o que o senhor mandar — afirmaram as duas mulheres em coro.

Em seguida, a velha Coumba, para atestar essa completa submissão, valeu-se de um provérbio como alguém que carimbasse um selo no final de uma declaração oficial:

— Quando não se conhece o caminho, colocam-se os pés nas pegadas do guia.

— Não sou eu quem lhe diz o que fazer, só estou transmitindo a vocês o que os espíritos ordenam. Sou um canal — retificou o *peul*. Os espíritos podem resolver seu problema, mas cabe a você merecer a compaixão deles seguindo a prescrição ao pé da letra.

— *Wallaye, wallaye* — concordou humildemente a velha mulher, protegida pelo muro do seu provérbio.

O mestre seguiu com seu ofício.

— Como estava dizendo, é necessário ter cuidado com o líquido contido nesta garrafa. Para usar — disse, virando o rosto de tez clara para Gnarelle —, adicione um pouco de perfume e, nas noites em que estiver com seu marido, passe este líquido em você antes de ir encontrá-lo na cama. E o mais importante é passar nas partes íntimas, três vezes, invocando o nome dele, *inch'Allah*, e ele não vai mais conseguir resistir a você.

A jovem bebeu aquelas palavras, os olhos já recuperaram o brilho ao se agarrarem a um fio de esperança.

— Mas não é só isso — nesse momento, o *peul* cortou o fio de esperança. — Você me dá cinquenta mil francos CFA, dois tecidos de algodão na cor azul e um cordeiro, ou o equivalente em dinheiro, porque tenho de fazer um sacrifício para os espíritos pelo serviço que estão prestando a você. Obviamente, não sou eu quem fixa a natureza e o valor dessas coisas materiais, são eles que as demandam. São invisíveis para os mortais comuns, mas são um pouco como nós e também têm lá os seus pequenos caprichos. O problema é que não hesitam em se vingar nos filhos daqueles que não cumprem com as exigências.

— Faremos como pedem, eles ficarão satisfeitos — afirmaram as duas mulheres, solenes.

— Além disso — recomeçou o marabu —, há um rito complementar um tanto peculiar, e por isso vou entender perfeitamente caso se recuse a fazer. Quero que saibam que se trata de um rito que ofereço graciosamente aos meus melhores clientes para ajudá-los, e que garantiria o sucesso total do trabalho que iniciamos. A decisão é sua, senhoras...

Apesar da falta de clareza desta cláusula, as duas mulheres não se fizeram de rogadas. Quem tem sede no deserto não para a dois passos do oásis! No mesmo dia, na hora da reza do meio-dia, horário da concentração máxima do poder da magia segundo o marabu, o rito foi executado.

Na penumbra do quartinho, um feixe de luz tremulou pelo movimento da cortina da janela e pousou, intermitentemente, sobre o rosto de Gnarelle e da mãe, Coumba. Em mim, uma voz repetia freneticamente: sou uma estátua de ébano, mas Deus me manda respirar, meu peito se enche em espasmos. Socorro, estou viva, Deus manda que eu respire! E respirava, contra minha vontade.

— Ande, Salie, continue, já disse! — ordenava a velha Coumba.

Imaginava-me em outro lugar: sou uma autômata no Champs-Elysées, a voz é um vento que circula em volta de mim e não altera meus gestos lentos.

— Anda logo — gritava a velha — mas, como é, Salie, anda logo com isso! *Athia! Athia waaye!*

— Salie, *athia waaye* — repetiu Gnarelle, em lealdade à mãe.

Metamorfose! Sou um castelo de areia. Que uma onda do Atlântico me desintegre! Bola de lama, bola de bilhar, bolha da vida, sou uma zona de baixa pressão. O ciclone das vozes me sacudiu, minha mão tremia, o movimento que a arrastava para cima e para baixo foi acelerado. Mais rápido, os olhos fechados; mais rápido, a cabeça virada para o lado; mais rápido ainda, mordendo os lábios; muito mais rápido ainda, minha mão, a princípio úmida, ficou viscosa; mais rápido, meus orifícios pediam a Deus por válvulas, é preciso que meu ser seja hermético. Mais rápido! Eles diziam novamente, enchendo a sala com suas vozes. Um dia, com certeza, vou fazê-los beber meu cérebro liquefeito, muito mais rápido que isso! Mas quem sou eu?

Metamorfose! Sou um grigri. Sou uma poção mágica. Sou um tecido de algodão na cor azul. Sou esse cordeiro abatido no altar do amor de Gnarelle. Sou um sacrifício oferecido aos espíritos. Sou um fetiche entre os fetiches do marabu *peul*. É por isso que minha mão deslizava num incessante vai e vem naquela coisa que eu não ousava olhar.

O rito realizado por aquele *peul* exigia uma menina pura, uma virgem que deveria segurar o sexo marabutal, e movimentar a mão no sentido da terra para o céu e do céu para a terra, da mesma maneira como pilamos painço, enquanto o marabu proferia palavras de sortilégio recostado entre as pernas da paciente. Coumba, minha tutora, me convocou e me amordaçou, avisando que meu destino seria atroz, que os espíritos me infligiriam uma punição terrível em caso de recusa ou de traição ao segredo. E o marabu reiterou dizendo:

— A nobreza de um ventre está na sua capacidade de servir de túmulo para os segredos, e quem abrir essa tumba terá de suportar o cheiro. Quando entro na floresta, evito pisar nas plantas benéficas, mas também sei como arrancar os ramos que bloqueiam o caminho — disparou olhando na minha direção, enquanto calando-me com o olhar.

Já Gnarelle, esta recebeu instruções para deitar-se de costas e afastar os pés e os braços, assim que o membro marabutal apontasse para o céu. Também teria de segurar um grigri em cada mão, mantendo-os pressionados, e comprimir um terceiro embaixo dos quadris. Quando estávamos nessa fase, o marabu deu um suspiro e, com um aceno de mão, ordenou que o sacrifício fosse interrompido. A cabeça da besta apontou para o teto do pequeno cômodo, minha mão parecia ter espremido quiabo. O *peul* virou-se, disse uma prece e, enquanto salmodeava outras coisas sibilinas, montou em Gnarelle, que se retesou sobre o tapete.

— Não se preocupe — falou — estou apenas instilando o fluido positivo em você.

Gnarelle não se mexeu mais, e apertou os grigri com mais força. Fazia tanto tempo desde a última vez que cerrara os punhos naquela posição. A velha Coumba levantou-se e levou-me para fora do quartinho, murmurando:

— *Alhamdou lillahi*, esta é a última fase do rito. Venha, o sábio não precisa mais de nós, mas, acima de tudo, não se esqueça de que ninguém, não importa quem, pode saber disso, ou então você terá uma morte trágica inevitavelmente.

O tempo passou desde que o marabu se foi. A pequena barriga que crescia na cidade de Fimela empurrou El-Hadji para mais perto de sua terceira esposa no hospital de M'Bour. Três meses após o ritual realizado pelo *peul*, El-Hadji estava de volta e passou duas noites com cada uma de suas esposas, em rodízio. A sétima noite da semana era um bônus reservado para a última delas, a mais novinha. O fluido do *peul* agira, mas Gnarelle ainda não recuperara os privilégios e continuara sendo uma esposa secundária. Seis meses após o retorno do marido, ela deu à luz um bebê saudável. No entanto, era menos gordinho e muito mais claro que o primogênito. E começou a onda de boatos. Mas como se tratava de um menino, El-Hadji o reconheceu como pertencente à linhagem dos Yaltigué. Ganhava assim um segundo filho e a submissão absoluta de Gnarelle, dali em diante presa à vergonha e à dívida de gratidão ao homem que tão generosamente dera seu nome à criança de pele clara.

Quanto a mim, tornei-me refratária a todas as formas de tutela durante as minhas peregrinações, e por muitos anos fiz da minha memória o túmulo dessa história. E só a exumei para explicar a Madické o que muitos marabus escondem sob a aparência de santidade. Não, não era o medo que me impedia, mas sim a decência, pois logo compreendi que o único poder do marabu *peul* consistia na capacidade de espalhar seus genes ao sabor do vento, e que os espíritos que ele invocava residiam dentro de sua calça.

Quando finalmente contei esta história, Madické resmungou:

— E daí? Só Deus pode julgar. Nem todos os marabus são assim. E, ademais, cada alma com seu labirinto. Os marabus sempre resolveram problemas na África. Cada um busca sua solução onde pode!

Profundamente enraizado em sua cultura, ele mantinha uma fé inabalável nas práticas ancestrais. Segundo ele, era preciso tentar de tudo antes de se admitir uma derrota. Eu aproveitava cada telefonema para tentar dissuadi-lo. Irritado com as repetidas discussões, Madické, que parecia segurar sua raiva, finalmente botou tudo para fora:

— Já que você não quer me ajudar, não se meta com o que vou fazer. Você se europeizou, virou uma individualista. Um cara da cidade que chegou da França disse que você está muito bem de vida aí, que você publicou um livro. Ele jura que até viu você na TV. As pessoas daqui dizem que um jornal local também escreveu algumas coisas sobre o seu livro. Então, com todo esse dinheiro que você está ganhando agora, se você não fosse egoísta, teria comprado minha passagem, teria me levado para morar na sua casa.

Então é isso o que incomoda meu irmão. O imigrante que lhe trouxera essas notícias o deixara mais esperançoso. As estrelas multimilionárias do futebol que ele admira estão na TV. Sem dúvida que automaticamente na sua cabeça passou a ideia de que, se a irmã foi vista na TV, especialmente na França, significa que enriqueceu. Além disso, não é necessário viver no Terceiro Mundo para sucumbir à magia da mídia.

O que o informante de Madické, trabalhador polivalente, que pula de um trabalho temporário para outro, conhecia da vida francesa eram apenas o barulho das fábricas, o fundo dos esgotos e a quantidade de cocô de cachorro por metro de asfalto. Abrigado num cubículo da Sonacotra, com uma de suas esposas, se alimentava de uma comida europeia que não daria água na boca de nenhum pescador de Niodior. Um estoque de mantimentos, o básico necessário, constantemente renovado de acordo com as promoções, permitia que guardasse debaixo do colchão a maior parte da renda que ganhava. Esse tipo de gestão da miséria permitira-lhe oferecer o que, aos seus olhos, representava o máximo dos luxos: uma mulher na França, levada às escondidas, para alimentar o trabalhador; outra em Dakar, a pousada do guerreiro, para ser recepcionado e descansar; e finalmente uma terceira num dos mangues da ilha, coisa de não perder as raízes. Assim que o inverno batia nas portas da cidade, ele fazia as malas. Essa estação do ano e a monogamia estavam entre as poucas coisas que ele não invejava dos franceses: sonhava em levar tudo com ele, a lista de compras começou em Roissy, na sua chegada, e terminou em Roissy, no dia em que foi embora. Era uma lista interminável: do terno à cueca, passando pelo barbeador elétrico, inútil no vilarejo, até ao vaporizador, rapidamente transformado em simples chuva quente sob os coqueiros, não descuidou de nada. Desejoso de ser bem recebido por suas damas — comprou de tudo para equipar a casa, como os eletrodomésticos de segunda mão — também comprou para elas produtos de higiene pessoal, escolhidos imitando as clientes das lojas. Chegou até a levar uma dúzia de pares de luvas para sua namorada na ilha para proteger as mãos contra as feridas provocadas por socar pilão. Mal conseguiu usá-las. Calçou as luvas, mas depois de experimentá-las por um breve momento as jogou no telhado do galinheiro. A atenção era louvável, mas não seria um pedaço de plástico fabricado na França que iria satisfazê-la.

O que ela queria mesmo era sobrevoar o Atlântico, morar do outro lado e assistir à televisão junto do marido todas as noites. Ela queria que seus filhos, como os da primeira esposa, pudessem dizer: eu nasci en Frââânce! Portanto, aquelas luvas foram um presente do seu querido marido à matrona que dava à luz todos os anos no meio da lama, em cima de sacos de batata vazios sobrepostos à guisa de mesa ginecológica. O marido havia prometido levá-la embora e já faz dez anos que ela desistiu de esperar. Dois anos depois de casados, recebeu dele uma carta que a fez acreditar que o esposo estava tratando da papelada para trazê-la, que estava economizando para pagar a passagem e que, inclusive, estava procurando um apartamento maior. Ficou tão contente que gastou todas as economias com os preparativos. Generosa, deu de presente todos os utensílios assim como a parca mobília, distribuiu o guarda-roupa entre as irmãs e primas, guardando para si apenas as raras roupas ocidentais, antes de se despedir dos surpresos moradores do vilarejo e ir para Dakar-Yoff esperar pela partida. Ao fim de quatro meses de paciência, com as tranças envelhecidas e a hena descolorida, ela voltou para o vilarejo, desanimada. Depois dos interrogatórios, vieram as zombarias. Como não podia tapar os ouvidos, escutava tudo, mas não pronunciava palavra e mal levantava os olhos fundos. Frente àquela miséria, os beneficiários de sua generosidade, como num acordo tácito, restituíram-lhe, cada um, o que haviam recebido. Sem luvas ou pomada, ela pegou de novo no pilão e no almofariz, esmagou o milhete com toda a raiva, considerando que o ruído advindo da tarefa assim a denunciava e, pior ainda, percebeu o riso sarcástico de Satanás. Seu marido, enquanto isso, receava voltar ao país, mas isso não chegava a ser motivo para fazê-lo passar um inverno na França. Em vez de contentar-se com molhos extremamente apimentados para se aquecer, a mão de obra temporária foi recuperar o bronzeado e levar vida de paxá nos trópicos. Saiu do cubículo anônimo do Sonacotra como trabalhador, desembarcou como faraó em Dakar, antes de ir montar sua corte no vilarejo. Durante essas estadas, todas as suas privações pareciam justificadas, aceitáveis, embora o obcecassem. Por mais que tentasse esquecê-las, elas voltavam integralmente à cabeça, ameaçadoras, a cada vez que o retorno ficava mais próximo. Cercado pela família e os amigos de infância, angustiava-se com a ideia de se encontrar novamente com a imensa solidão que o aguardava.

Por lá, uma lucidez cruel, adquirida ao longo do tempo, fez com que se afastasse das amizades colecionadas na época em que tinha o sorriso largo ao estilo Banania. Recém-chegado, sedento por calor humano e sem noção do custo de vida, recebia as pessoas como é comum em seu país. Aos domingos, apesar do espaço diminuto da casa, reunia colegas de várias origens em torno de uma mesa onde, para homenageá-lo, sua esposa servia *thiéboudjène* ou frango *yassa* à vontade. No café, ele não hesitava em oferecer uma rodada. Mas os intervalos entre um trabalho e outro e as dificuldades no final do mês acabaram por torná-lo uma pessoa amarga, especialmente porque nenhum daqueles amigos franceses parecia querer mostrar-lhe as especialidades locais. Desapontado, passou a limitar as saídas e gastar o dinheiro com parcimônia. Dos colegas, que a princípio tomou como amigos, não sentiu falta. Dos brancos, não queria nem ver o cheiro, como dizia, por causa da maneira dissimulada como relativizavam o racismo para melhor praticá-lo ou continuar indiferentes às dificuldades dos que são vítimas dele. Os negros, já não os suportava mais, por causa da mania de ver racismo em tudo, principalmente os fracassados que sequer conseguiram pegar alguma coisa na pesca com mosca no próprio país. Antirracista radical, ele mesmo se tornara racista, como declarou, racista *antibabacas*, todas essas raças juntas.

E na França, além dos CDs de Youssou N'Dour, que ele ouvia sem parar, e jantares cor-de-rosa com sua devotada esposa, a diversão dependia da programação da TV. Agora imagine o evento que foi o dia em que, por acaso, viu na tela da TV essa prima distante, cujo endereço ele nem sequer tinha. Pela primeira vez na vida, assistiu a um programa de literatura até o fim. Do livro em questão, só conhecia a capa, mas isso foi o suficiente para que criasse uma epopeia e se apressasse em contar assim que retornou ao vilarejo. Quem se atreveria a ficar contra ele? O orgulho da identidade é a dopamina dos exilados. E, depois, dar notícias de outro emigrante para a família que ficou no país rende eterna gratidão e admiração. Daí, da mesma forma que melhoram a imagem do emigrante fazendo com que um auxiliar de enfermagem se passe por médico, assistente temporário por professor titular, profissional de limpeza por gerente de hotel, alguns turistas contam com minúcias de detalhes sobre a vida de pessoas que não conhecem absolutamente nada. Assim, Monsieur Sonacotra se aproveitou da credulidade do meu irmãozinho como se aproveitasse de um banho de sol.

9

Em Niodior, as histórias do homem de Barbès seguiam nessa esteira do imaginário, levando com elas os corações dos jovens ilhéus. Assim como os companheiros, Madické estava determinado e achava que eu poderia ajudá-lo a realizar seu sonho. Um único pensamento inundava sua cabeça: partir; para longe; sobrevoar a terra preta para pousar nessa terra branca de brilho fulgurante. Partir sem olhar para trás. Não olhamos para trás quando andamos no fio da esperança. Ir ver essa grama que dizem tanto ser muito mais verde, onde param as últimas gotas do Atlântico, sim, lá onde as prefeituras pagam aos coletores de cocô de cachorro, onde mesmo quem não trabalha recebe um salário. Ir embora, então, para onde os fetos já têm conta bancária em seu nome e os bebês têm plano de carreira. E malditos sejam os que se empenhassem em contrariar o desejo dos jovens ilhéus.

Passei por uma experiência triste, durante as férias de verão no vilarejo, alguns meses antes do Campeonato Europeu de Futebol. Meu irmão sempre teve a firme intenção de se expatriar. Os meninos mais velhos contaminaram sua mente desde muito cedo. Foi embalado pela ideia da partida, do sucesso alcançado em outro lugar, a qualquer preço; e ela tornou-se, ao longo dos anos, o seu destino. A emigração era a massa de modelar com a qual pretendia moldar seu futuro, toda a sua vida.

    É irresistível o desejo de voltar à fonte, porque é reconfortante pensar que sempre é mais fácil ter domínio sobre a vida a partir de onde suas raízes se fincam. Porém, retornar, para mim, é equivalente a partir. Volto a casa em meu país como alguém que vai para o exterior porque, para os que continuo a chamar de minha família, agora sou o *outro*. Não sei que sentido dar à comoção que minha chegada provoca. Essas pessoas que se amontoam a minha volta vêm me festejar porque sou uma delas, para arrancar algum dinheiro de mim, para matar a curiosidade sobre um país estrangeiro, ou simplesmente para observar e avaliar esse bicho estranho em que talvez tenha me tornado a seus olhos?

    Dois dias depois da minha chegada, feixes de lenha foram consumidos pelo fogo, deixando a fumaça acompanhar as orações até ao céu. Um exército de aves de criação, engordadas para outras ocasiões, entregaram a alma à lâmina de uma faca que vai se declarar inocente no Juízo Final. Os caldeirões cerimoniais haviam cumprido sua função; as mulheres, seu dever; e os homens, enchido a pança. Um lauto almoço em que todos puderam se regalar. Deus dá o que comer a toda boca que ele molda: neste dia, novamente, o provérbio se cumpriu. Alguns, como o velho pescador, pareciam ter vindo para preencher as várias carências nutricionais. Não pediram minha opinião, simplesmente me disseram quanto seria necessário para dar um banquete a toda aquela gente que se convidara espontaneamente. A ideologia comunitária tem prevalência sobre as boas maneiras ou, em vez disso, é erigida como o próprio fundamento dessa última. Devemos compartilhar tudo, a felicidade e a infelicidade. A memória coletiva não hesita em remascar sua máxima: os bens de cada um são bens de todos. Embora soubesse perfeitamente que essa regra social, de grande sentido humano, quando é deturpada beneficia especialmente os preguiçosos, mantendo-os em uma dependência crônica, tive que alimentar meus autoproclamados convivas sem pestanejar, sob pena de passar por individualista ocidental, uma egoísta desnaturada, desde o momento em que havia chegado. Quanto aos raros escrupulosos, ilhéus que viviam na cidade e novos adeptos da sociedade moderna, esses não tardaram a legitimar a presença valendo-se de um especialista em genealogia. Mas o argumento cabal todos conheciam: "Ela está chegando da França", diziam, e numa acepção geral essa pequena frase era mais eloquente do que qualquer discurso. Previsto para durar um mês, meu dinheiro do dia a dia, uma parca quantia ganha a duras penas, me escapava por entre os dedos. O que fazer? Quem não tem pernil de cordeiro come a carcaça mesmo. Atreva-se a se permitir chamá-los de sem cerimoniosos, e eu envio-lhe de volta o juízo pelo correio juntamente com o argumento peremptório, usado em defesa deles, segundo o qual a maior indecência do século XXI é a obesidade do Ocidente frente ao terceiro mundo raquítico. Minhas economias eram meu corpo de Cristo, meu sofrimento transformado em bolo para meu povo. Tomem, comam meus irmãos, este é meu suor, amoedado na Europa para vocês! Hosana!

Depois do almoço, os garotos da casa, e mais os amigos que logo se juntaram a eles, seguiram para a sala de chá. Madické estava com Garouwalé, seu melhor amigo, na verdade um dos nossos primos distantes; aqui, em geral as amizades são feitas por laços de sangue. Garouwalé jamais perdia a hora do chá. Fino conhecedor do assunto, tinha a reputação de ser o melhor preparador da bebida do grupo. Por esse motivo, os companheiros foram unânimes em lhe atribuir essa tarefa. Fingiu recusar por uns instantes, queria ouvi-los implorar, ter o prazer de ver sua habilidade reconhecida e demandada, antes de aceitar de bom grado. Na qualidade de mestre, atribuiu a tarefa mais ingrata ao mais jovem do grupo que rezingou um pouco antes de se subjugar. Foi encarregado de trazer os apetrechos, buscar carvão e papel para acender o fogareiro a carvão. Como um criado experiente na função, o rapaz encontrou um macete: na cozinha, a lenha usada para cozinhar o almoço ainda ardia. Então, pegou o fogareiro e o trouxe de volta cheio de carvão em brasa. Eu e Ndétare, que veio me ver, ficamos observando as mutretas dos jovens, e trocávamos olhares críticos, cuidando para que os apartes fossem ditos em francês:

— O direito de primogenitura é um privilégio de que ninguém abre mão por aqui — disse a ele. Os garotos mais novos obedecem pedindo a Cronos que acelere o passo.

— Ah, sim! — respondeu como etnólogo especialista. Em breve, os mesmos garotos, que agora acham que esse direito inato é injusto, por sua vez vão abusar dele em nome da tradição.

O serviçal do dia executava suas tarefas. Sobre uma bandeja, uma dúzia de xícaras, desgastadas pelo uso, ainda pingavam; um molho de hortelã em infusão numa pequena cabaça já perfumava a sala. A cerimônia do chá podia começar. O mestre sopesou os pacotes de chá e açúcar, lançou um olhar de cumplicidade para Madické. Este, por sua vez, fez um leve aceno de cabeça em minha direção, e caíram numa gargalhada infantil que também me fez rir. Essa pausa no meio do dia era uma ocasião para discutirem vários assuntos. Mesmo na minha ausência, Ndétare gosta de se convidar para esses momentos. É uma oportunidade, o lugar certo, para continuar a missão de educador.

— Faz bem — me confidenciou — em voltar de vez em quando para nos ver. Vejo que você não mudou. Você cresceu, mas continua sendo a menina moleca da casa, evita os mexericos das mulheres. Sempre soube que você ia sair desse ninho de cobras, mas fico feliz em ver a pequena liana bem enraizada.

Como antigamente, antes de ir embora, eu era a única garota a participar do círculo fechado dos meninos. As mulheres haviam se juntado na cozinha e já estavam pensando na iguaria que iriam preparar para o jantar. Um som abafado de explosões de riso e retinir de utensílios que se entrechocavam chegou até nós. Isoladas do resto da casa e acostumadas ao trabalho doméstico desde a mais tenra infância, elas dedicavam-se aos afazeres sem realmente pensar a respeito daquilo. Aqui, a cozinha é um local de grande socialização, que ocupa muito espaço. Um terço da casa é fechado, reservado às atividades culinárias: é o retiro das mulheres. Além das conversas, com discussões sobre as colheitas, a escassa produção pesqueira, os frutos do mar que elas têm de ir buscar cada vez mais longe, os noivados, os batismos, os tecidos da moda e as novas tendências, elas trabalham para a exclusiva satisfação do paladar. Alquimistas sabem como vencer a insolência da cebola, a temeridade do alho e a agressividade da pimenta para restituir um quê de personalidade ao peixe-espada dominado pelo azeite à alta temperatura. Pacientemente agregam tomates e batatas num balé finamente orquestrado. Sobretudo são magas, e transformam os grãos de arroz em rubis, simplesmente pedindo à palmeira que lhes conceda o dom de tudo o que ela tirou da terra e do sol. Apesar dos tantos afazeres, continuam atentas às conversas dos homens mantidas à *mezza voce* no pátio contíguo. As palavras chegam até elas, carregadas por um sopro de desejo que não hesita em levantar os *pagnes*.

As mulheres não costumavam me convidar para o mundo delas; eu também não participava muito de suas atividades. Nem mesmo na comemoração do meu retorno, afora o dinheiro, elas não me incluíram em nenhum dos preparativos. Não fui com elas para cortar lenha para o fogo; não me chamaram quando saíram de madrugada. Escutei a movimentação, mas não me levantei. Elas sabiam que eu não queria ir, e eu sabia que elas não queriam que eu fosse. Era um acordo tácito. Minha presença não as deixa à vontade. Há muito me consideram uma preguiçosa que não sabe fazer nada com os dez dedos que tem nas mãos, exceto virar as páginas de um livro, uma egotista que prefere se isolar para ficar rabiscando o papel em vez de participar dos bate-papos no jardim ao lado da cozinha. Durante aqueles dias de excitação, me viam escrever, andar de um canto para outro, e se irritavam com isso. Eu podia ler a censura debaixo dos cílios negros, mas meu silêncio as desarmava, e elas fingiam me ignorar. Minha caneta ainda estava traçando o caminho que eu havia tomado emprestado para deixá--los. Cada caderno que preenchi, cada livro que li, cada dicionário que consultei é um tijolo a mais na parede que se ergue entre mim e elas. No entanto, sem querer, elas estimulavam minha atividade solitária. Não nos atiramos nos braços que estão cruzados: o desdém demonstrado por elas me liberou de qualquer formalidade. Mesmo sedenta por afeto, não se beija um ouriço do mar.

No vilarejo, às vezes fico feliz quando alguém fica amuado comigo, porque assim consigo tranquilidade. Sem dúvida que a comunidade tradicional é reconfortante, mas também nos suga e sufoca. É um rolo compressor que nos esmaga para nos digerir mais facilmente. Os elos tecidos para unir o indivíduo ao grupo são tão sufocantes que a única coisa em que se pensa é rompê-los. Com certeza, os campos do dever e do direito estão colocados lado a lado, e é aí que está o problema. O primeiro é tão amplo que passamos a vida inteira arando-o, e só alcançamos o segundo na velhice quando a liberdade já não tem função. O sentimento de pertencimento é um sentimento de foro íntimo que não é levado em conta; impor isso a alguém é negar a capacidade desse alguém de se definir livremente. Mas vai dizer isso aos estoicos, que só defendem os valores gregários! Você será repreendido e chamado de individualista, acusado de que está imitando o colono, e será marginalizado. Quando essa crítica cai sobre você, as mulheres são as mais veementes. Sarcásticas, com palavras doces destilam ácido no nosso sangue, do rolar dos olhos que deixa você fora de órbita, e os cílios batem como a lapada de um chicote para expulsar você para longe da estima delas. Foi para evitá-las, ou melhor, porque eu estava cansada de me explicar, de me defender, que preferia a companhia dos garotos; nesse ponto, eles eram menos virulentos. De qualquer forma, machões desde criancinha, não ficaram chocados com o fato de que eu poderia ir contra a vontade das mulheres, mesmo que fossem as mães deles. Por outro lado, achavam que era legítimo impor a vontade deles a mim, sem que suspeitassem de que a sede de liberdade não leva em conta o sexo do opressor.

Garouwale, que preparava o chá, de quando em quando ia servir os cavalheiros reunidos sob a árvore das palavras, antes de se expor às piadas maliciosas das mulheres. Ele poderia ter subcontratado o serviço, mas esse joguinho permitia que desfilasse diante das moças que fingiam inocência perto das mães, sempre em busca de um improvável genro rico. Saiu do pátio das damas com um sorriso nos lábios e imediatamente se reintegrou à conversa em curso no salão. Madické e outros ouvintes se revezavam resumindo para ele o que havia sido discutido em sua ausência.

A tarde já batia as asas, as sombras dos humanos se alongavam na direção leste pelo resto daquele dia tórrido. Garouwale não tinha pressa. Aqui sempre sabemos quando começa o chá, jamais quando ele termina. Agradável para o descanso dos trabalhadores, também é, como dirão alguns, a droga ideal inventada para relaxar os desempregados, fazendo-os esquecer a urgência de sua condição. Nesse momento de preguiça, quando a vida parece desacelerar no espaço de tempo de uma digestão, tomamos o chá do amor.

O chá, que chamamos aqui de *attaya*, compreende três fases de degustação, cada uma precedida por uma longuíssima preparação. Na primeira, a dose de chá é muito forte com pouco açúcar. A infusão é servida ainda escaldante e muito amarga, difícil de engolir, suportável apenas para os *habitués;* chamado de o chá da morte. Na segunda fase, mais adocicado, a dose de chá é mais fraca e adiciona-se hortelã, o que proporciona uma infusão muito agradável de saborear em pequenos goles. Tão doce quanto a saliva do primeiro beijo, o paladar se apaixona por ele, é o chá do amor. Mas, infelizmente, esse prazer é efêmero e vem seguido de uma espécie de recordação: a terceira e última rodada, uma água amarelada, muito doce, que traz com ela apenas a lembrança do chá; é o chá da amizade.

Garouwalé estava voltando da segunda rodada quando Madické resumiu o que eu havia dito usando os seguintes termos:

— Ela diz que não devemos ir para a França!

— Não foi isso o que eu disse — retifiquei —, falei que não deveriam ir a qualquer preço.

— Irmãzinha, explique melhor — me mandou Garouwale.

— Bem, acho que não se deve ir assim, contando apenas com a sorte.

— Como você quer que a gente vá? — perguntou Madické. — Talvez devêssemos esperar que Chirac fosse nos receber no aeroporto?

Ndétare arregalou os olhos: acabava de perceber que Madické, quem ele achava ser o mais razoável, o único que pensava ter conseguido desviar do caminho da emigração, não estava menos ansioso do que os outros para fazer as malas. Aquele que dizia: "Devemos semear as ideias onde quer que elas possam crescer", e que incansavelmente semeou as suas próprias, acabava de constatar, com amargura, que o Atlântico havia regado e esterilizado sua plantação. Aqui, nos pântanos salgados, todos estão prontos para buscar seu quinhão de cana-de-açúcar em outros lugares. E cada grão de sal brilha com essa esperança.

— Diga a eles — implorou o professor — você que mora lá, diga a eles! Talvez escutem você, já que acham que sou um velho desvairado. Antes, afirmavam que queriam ir para lá para jogar futebol num grande clube, mas não caí na conversa deles, eu encontrava sempre algum argumento, porque percebia que ainda havia um quê de sonho e poesia nas observações que faziam. E não tenho dúvida, a ganância sem limites os deixa completamente cegos. No entanto, como todos nós, eles também escutam as histórias, em idiomas locais, sobre os problemas que nosso pessoal enfrenta lá. Mas não adianta, estão dispostos a vender a própria pele mesmo que seja para viver num galinheiro na França. Vamos, mostre-lhes o gigantesco cisco que têm nos olhos, e que não querem enxergar. Fale para eles tudo o que você me contou no outro dia.

— Não seja bobo! — falei me dirigindo ao meu irmão, tentando ser breve. — Você sabe muito bem o que quero dizer. Não vá para lá de mãos vazias, na ilegalidade, como um *kamikaze*. Não é a casa do Senhor, não dá para chegar lá como se caísse de paraquedas num milharal, pelo menos não é tão fácil assim como você imagina.

— Ei, pessoal! Escutem só a irmãzinha — disse Garouwalé, o Pinga Fogo. — Agora que ela já está lá, que já está ganhando uma grana, ela quer fechar a porta; ela está falando tudo isso porque não quer nos acolher.

— Não estou querendo desestimular vocês e sim tentando adverti-los. Se desembarcarem lá sem o visto, vão arranjar problemas sérios e ter uma vida miserável na França.

— Ih, nós temos talento! Não é verdade, gente? — disse Madické, instigando desnecessariamente os aliados, prontos para um pé da guerra. — Temos capacidade para encontrar trabalho e de nos comprometermos como homens de verdade. Olha só, você, que não passa de uma garota, conseguiu se dar bem. Há uns velhos muito bem de vida morando agora na vila que se fizeram lá na França. E nós? Por que não podemos também?

— Ledo engano. No passado, depois da Segunda Guerra Mundial, eles receberam muita gente porque precisavam de trabalhadores para reconstruir o país. Contrataram uma grande massa de imigrantes de várias origens que fugiam da miséria e, por isso, aceitavam arriscar a vida no fundo das minas de carvão. Muitas dessas pessoas pagaram prêmios para ter uma aposentadoria que jamais vão receber. São raras as que conseguiram de fato. A maioria dos africanos, de todas as levas de imigração, vive em favelas. Nostálgicos, sonham com um retorno incerto ao país de origem; um país que, no fim das contas, lhes traz mais preocupação do que atrativos, porque, não vendo as mudanças acontecerem, sentem-se como se fossem estrangeiros quando esporadicamente conseguem ter férias. Os filhos, embalados pelo refrão *Liberdade, Igualdade, Fraternidade*, depois de tanta luta, logo se desiludem quando percebem que a naturalização finalmente obtida não lhes ampliou os horizontes. Ninguém carrega o cartãozinho de nacionalidade colado na testa! A menos que façam um xador com a bandeira de Joana d'Arc, não têm como convencer os defensores da preferência epidérmica de sua legitimidade tricolor. Na Europa, meus irmãos, vocês são, em primeiro lugar, negros, depois, cidadãos de segunda classe, e definitivamente estrangeiros, e mesmo que isso não esteja escrito na Constituição, algumas pessoas leem isso na sua pele. Entendam que não basta aterrissar na França para levar a vida desses turistas de salário mínimo que fazem vocês babarem quando lhes dão aquelas bugigangas *Made in Paradis*. E agora também enfrentam o desemprego por lá. Quais os ativos que vocês têm que lhes garantem que vão ter êxito? Quando se têm dentes longos, é preciso ter gengivas fortes. Ilegais, sem diploma ou qualificação, vocês correm o risco de trabalhar pesado por muito tempo, e isso se não tiverem o azar de serem pegos por um policial que está pronto para metê-los no primeiro voo de volta para casa.

— É isso mesmo! — exclamou Ndétare em êxtase —, ouçam bem, vocês estão cegos, agora podem ver que não lhes contei nenhuma tragédia! Sei que as vacas na Normandia são gordas, mas a França não é um prado verdejante para ovelhas desgarradas! Cuidado com os espinhos, meus filhos, cuidado!

— Você está exagerando — atenuou o sabichão do grupo, que acabara de ser dispensado do ensino médio por ter repetido ano várias vezes. — Conheço dois caras da cidade onde eu estava estudando; eles foram embora há dois anos e continuam lá; não foram deportados apesar de terem apenas o visto de turista. Além disso, em breve meu parceiro Samba, o irmão mais novo, vai viajar para ficar com eles. Certamente não é tão difícil quanto você está nos contando. Olhe quantos estrangeiros estão jogando na seleção nacional deles. E tem mais. Neste momento, o primeiro-ministro é socialista, como Senghor; é a esquerda que está no poder e, como se costuma dizer, são essas pessoas que ajudam os pobres, né?

— Exceto que, lá, ninguém se apercebe dos pobres. Os governos mudam, mas nosso destino, assim como os desfavorecidos dos países deles, continua o mesmo. Alguns ficariam felizes em trocar a vida deles pela sua. Encolhidos embaixo de pontes ou nos labirintos do metrô, às vezes os sem-teto devem sonhar com uma cabana na África. Tenho de rir com sua análise política. A sua esquerda da esperança é uma esquerda caviar, que embriaga os pobres com discursos vazios para depois ficar com a consciência tranquila. A esquerda continua sendo nossa mãe, para nós, os humildes, mas é uma mãe que muito frequentemente nos recusa seu leite e se contenta em exibir os belos seios. Quanto à sua política de integração, na melhor das hipóteses, ela se aplica unicamente à seleção francesa de futebol. O *Blacks, Blancs, Beurs*, ou Negros, Brancos e Árabes, não passa de um *slogan* postado na vitrine global do país, assim como a péssima publicidade da Benetton, "*Beef, Braised, Buttered*", é apenas uma receita que os canais de TV disputam mobilizando milhões. Os estrangeiros são aceitos, amados e até requisitados, apenas quando estão entre os melhores na sua área de atuação. *Blacks, Blancs, Beurs*, se dentro da sociedade francesa houvesse de fato integração, não precisariam ter criado um *slogan* para afirmar isso. É apenas uma cortina de fumaça que lançam diante dos nossos olhos para encobrir a dura realidade.

— E o que você propõe no lugar dessa situação de penúria daqui? Hein? — exclamou Garouwalé, que se esquecera de terminar o chá. — Você propõe o quê? Vai nos dar o que comer o tempo que durarem suas férias? E, depois, o que a gente faz? Você propõe que fiquemos tranquilos, esperando com a boca aberta, até morrermos? É claro que não! É melhor você levar seu irmão em vez de ficar procurando pretextos para deixá-lo aqui. Fique sabendo que todos aqui acham que você está sendo egoísta por não querer ajudá-lo. A gente vai se virar sem você, nós vamos viajar a qualquer custo. Nossos pais vão envelhecer sem aposentadoria, nossos irmãos e irmãs mais novos contam conosco! Cada partícula de vida tem de servir para conquistar a dignidade!

— Temos de encarar os fatos, meninos — aconselhou Ndétare em tom paternalista. O Samba está indo embora, mas ele corre o risco de voltar com as malas cheias de decepção. Aqui, como lá, as ideias de Marx estão morrendo, e as árvores da esperança que plantamos em 68 deram muito poucos frutos; a modernidade nos relegou ao desamparo. Além da pílula, ainda precisamos de fazer todo o resto. E inclusive a pílula acho que deveria ser programada dentro de um tipo de arroz geneticamente modificado para forçar as mulheres a usá-la. É lamentável que seus maridos ainda se comportem como senhores feudais e meçam a virilidade pela quantidade de filhos. Meninos, isso também é subdesenvolvimento e está introjetado na mente das pessoas. Tentem não reproduzir os erros de seus pais e vocês verão que, mesmo sem ir para o exterior, terão mais oportunidades do que quem foi embora. Está bem, estejam preparados para partir, procurem uma vida melhor, mas não com malas, e sim com seus neurônios! Alguns hábitos arraigados é que têm de emigrar, sair da cabeça de vocês porque os mantêm presos a um modo de vida que ficou no passado. A poligamia, a quantidade de filhos em profusão, tudo isso é terreno fértil para o subdesenvolvimento. Não é preciso saber matemática para entender que, quanto mais pessoas houver, menor será a proporção de pão para compartilhar.

Como de costume, Ndétare falou com entusiasmo. As mãos alongadas, agitadas pareciam desenhar a bolha opaca onde o significado de suas palavras rodopiava. A atenção dos garotos estava em outro lugar, fora de alcance. Todo o discurso para chamá-los à razão foi inócuo. Admirava calada a paciência do professor. Como é que eu poderia fazer aqueles jovens entenderem que não era fácil morar na França, se eu mesma vivia lá havia tantos anos? Há momentos em que é melhor deixar que o outro chegue a situações em que estará num beco sem saída. O desgosto certamente o fará ver que perdeu tempo, mas a necessidade de voltar atrás deixará isso mais evidente do que um discurso, mesmo que bem-intencionado. Saí da sala e deixei os meninos ruminarem a raiva que sentiam.

10

Preciso de ar! Andar, rápido. Respiração ofegante: ufa! ufa! Lá fora, os coqueiros se balançavam à procura de uma posição ideal, e a crina deles parecia empurrar a tampa azul da atmosfera. Andar. Lentamente. Respirar. De repente, me senti isolada. Falar com quem? As amizades de infância às vezes resistem ao tempo, jamais à distância; a diferença das trajetórias nos separa e nos deixa apenas uma lista de nomes que, pouco a pouco, vão perdendo o rosto e a melodia reconfortante de outros tempos. Em casa, sentia saudades de outros lugares, onde o Outro pertence a mim, de outra maneira. E fiquei pensando naqueles que, lá, acham que minha tristeza é legítima e me consolam, quando sinto saudades da África. Uma sequência de vários rostos foi passando na minha cabeça. Parei na imagem! E lá estavam eles, todos sorrindo para mim; faria qualquer coisa para tê-los ao meu lado. Evocar a falta que sinto da França na minha terra natal seria considerado uma traição, tinha de carregar essa melancolia como alguém que carrega um filho ilegítimo, em silêncio e contrição. Enraizada em todos os lugares, exilada o tempo todo, estou na minha casa aqui, onde a África e a Europa perdem o orgulho e se contentam em somar: numa página, plena de conexões que me deixaram de legado.

Continuava andando de um lado para o outro, ao longo do

terreno das casas, para me acalmar, quando ouvi a voz amiga de Ndétare, suave como um consolo:

— Vem, vamos tomar um chazinho na minha casa. Eu tenho *bissap* na geladeira, vai fazer bem a uma francesinha maltratada pelo calor, a menos que você prefira um coco.

— Os dois me cairiam bem, se meu professor não vir nenhum inconveniente nisso.

Partimos para a casa dele, um anexo da escola primária. Vendo que me trouxera o sorriso de volta, Ndétare continuou:

— Sabe, é preciso compreender que a maioria desses garotos só recebem de herança as muitas bocas que terão de alimentar. Apesar da pouca idade, muitos deles já são chefes de famílias numerosas e espera-se deles o que os pais não conseguiram: tirar a família da pobreza. São pressionados por responsabilidades que vão além deles e ficam tensionados pela busca de soluções, as mais desesperadas. Tento fazê-los raciocinar, mas tenho total noção dessa ansiedade que sentem quanto ao futuro e que os torna agressivos. Todas essas crianças para criar, com tão poucos recursos...

Fomos caminhando e continuando a conversar: "Temos de cuidar da saúde das mulheres", disse ele, e eu estava ansiosa para ouvir um homem dizer isso. Ndétare era o único homem da ilha que lutava, com o enfermeiro, pelo planejamento familiar. Como diretor da escola primária, ele ocupava uma posição estratégica que lhe permitia mensurar a alta taxa de natalidade. Mas, para além das suas turmas abarrotadas, a localização geográfica do alojamento funcional servia como um perfeito observatório. Ele morava logo atrás do lago Nguidna. Ao chegarmos a esse local, me detive por um momento.

— Você também brincava aqui, menina — ele falou, sorrindo.

— Podemos nos sentar um instantinho? — perguntei, já me acomodando.

Em silêncio, fez o mesmo.

Nguidna, entre a antiga vila de Niodior e o novo bairro construído sobre a duna de Diongola, é uma pequena lagoa, redonda como o cu da galinha e mais rasa que o caldeirão de uma bruxa. Alguns coqueiros narcisistas, bem como palmeiras, emigradas do deserto da Arábia, fingem postura de sentinelas e passam o tempo a se admirar nesse olho sem pálpebras. A lagoa irrigou a memória da minha infância e fez brotar ali essa planta, a lembrança. Ouvíamos a brisa crepuscular sussurrando na folhagem das árvores. Khok! Khok! O sol tinha acabado de fechar o sorriso e, imediatamente, um sapo-boi anunciava, com um retumbante coaxar, a abertura do concerto daquela noite, confirmado incansavelmente pelos seus congêneres. O coro não tardou a implicar com o topo dos coqueiros e os ouvidos pios do muezim que, armado da sua fé, esbordoava o pacífico silêncio do vilarejo.

— Ao fim, nosso chá foi transformado em jantar — falou Ndétare. — Vamos lá? Para reviver suas memórias das brincadeiras na lagoa, você vai ter de voltar durante o dia.

Ao primeiro raio de sol, a canção dos sapos-boi foi terminando. À tarde, podia-se ver surgirem umas bolas negras, encimando pequenos membros ágeis, cuja agitação furava a pele macia da lagoa Nguidna. Girinos? Não exatamente. Uma gritaria alegre emergia do ninho aquático. À medida que nos aproximávamos, se via mais nitidamente, em cada uma das bolas, uma fileira dupla de pérolas brancas, encimadas por dois búzios móveis. Essa visão fantasmagórica dá lugar à realidade, quando você se aproxima da beira d'água e se planta, imitando a fixidez dos coqueiros, que rodeiam as margens. Aí, foi possível ver cardumes de crianças, meninos e meninas, carregando a boca com água para lançar mísseis uns nos outros. Depois, saíam da água vestidos de inocência, corriam e rolavam por um momento na areia quente e voltavam a refrescar-se. A cada novo mergulho, começavam a simular uma batalha naval em que cascas de coco faziam as vezes de torpedos, e atingiam seus alvos imaginários apenas com a cumplicidade do adversário.

Outros regimentos de mentirinha cruzavam as ruelas do vilarejo, investindo em lugares onde encenavam o horror da guerra dos adultos, a que assistem na TV, e assim poder conjurá-la.

A quantidade de crianças no vilarejo é impressionante. Quase todas as mulheres em idade fértil andam com um bebê sobre as costas ou sob a roupa. Os pequeninos caem do céu, feito uma chuva de felicidades ou uma terrível nuvem de gafanhotos, conforme o ponto de vista. Algumas famílias têm tantos filhos que poderiam formar um time de futebol e mais os reservas. Os polígamos, com o coração dividido, podiam até se dar ao luxo de realizar campeonatos em casa.

Silenciosamente na varanda de Ndétare, compartilhamos o jantar, o chá, o luar e todas aquelas reflexões que atraíam a inimizade das pessoas do povoado. O que aconteceria com aquela quantidade de nascimentos? Toda essa legião logo seria dizimada na zona vermelha do terceiro mundo, pela AIDS, disenteria, malária e por bazucas econômicas apontadas para nós pelo Ocidente. Desvalorização! Derrubada da nossa moeda, destruição do nosso futuro, da nossa vida, para ser mais simples! Na balança da globalização, a cabeça de uma criança do Terceiro Mundo pesa menos que um hambúrguer. E as mulheres continuam perseverantes! Cegas ou cegadas, correm para o sacrifício, no altar da maternidade, para a glória de um deus que lhes deu apenas ovários para justificar a existência. No poço, nos campos, nos mercados, bucha de canhão na linha de frente da pobreza, elas pedem a seus corpos que doem até o último suspiro de vida. Ndétare me contou sobre duas antigas amigas minhas que morreram no parto. Aqui, já não se contam mais as parturientes e os recém-nascidos que morrem por falta de medicamentos. Mesmo assim, isso não desestimula ninguém. Prontamente enterrados, são esquecidos com a mesma rapidez que esquecemos os sonhos. Como ninguém tira proveito da sombra dessas lápides, deixe que o vento aplaine a areia da ilha! Qual artesãs fatalistas, essas mães fabricam em série e substituem continuamente inúmeros soldadinhos que elas gostariam fossem de chumbo para que eles resistissem aos dentes afiados da pobreza. Aqui, agarrados às gengivas da terra, os humildes já não temem as tempestades da vida, eles sabem que o Atlântico os engole apenas por piedade.

As cinzas arrefeciam no fogão, os coqueiros dançavam lentamente a sua dança pagã; só o tilintar das xícaras, que o professor enxaguava, acompanhava o coaxar dos sapos-boi. O recolhimento, como sabemos, não combina com o clima de uma noite quando se está de férias. Ansioso por descontrair o ambiente, Ndétare desenterrou as pérolas da sua coleção de asneiras cometidas na escola e começou a contar um rosário de memórias em comum.

— Se lembra daquele dia em que perguntei à turma, foi no 8º ano: o que vocês querem ser quando crescerem?

Caímos na gargalhada. Naquele dia, muitos meninos responderam: professor, enfermeiro, policial, subprefeito, retratando assim os únicos funcionários que conhecíamos no vilarejo. Em seguida, Ndétare perguntou a razão daquelas escolhas. Resposta unânime: porque tinham boas roupas, ganhavam dinheiro e não precisavam ir trabalhar na lavoura. Daí, uma menina levantou a mão e disse:

— Quero ser mãe!

— Mas isso não é uma profissão — comentou Ndétare com uma risada tensa. — Vejamos. É preciso ter uma profissão, um trabalho para ganhar dinheiro, ter dinheiro para viver, entende?

— É, sim! E é uma profissão muito boa! Meu pai diz que, quando a gente é mãe, você pode ter o paraíso, e é muito melhor do que dinheiro. Para fazer compras, cabe ao homem decidir, é ele quem tem de ganhar o dinheiro. Quando eu crescer, serei apenas mãe, como a minha mãe, e vou obedecer ao meu marido para ir para o paraíso, foi o que meu pai disse.

— Ah, claro, minha menina! — brincou Ndétare, desapontado,

mas chorando de rir. — Você corre o risco de ir para o céu, e muito mais rápido do que você pensa...

As explicações do professor se perderam em meio aos risinhos sarcásticos. O irmão da garota levantou a mão.

— Não. Você, não! Já sei que vai nos dizer que sua vocação é a poligamia, que tem por missão aumentar o número de muçulmanos na Terra, e que isso também abre as portas do paraíso, acertei?

— Sim, senhor — aquiesceu o menino, solene —, foi o que meu pai disse.

Um sorriso amarelo não foi feito para perdurar; apesar de desejarmos manter a leveza, não conseguíamos encontrar um assunto realmente adequado. Talvez fosse melhor entregar aos nossos travesseiros a tarefa de nos aliviar de todo o peso daquele dia. A lua se afogava na lagoa Nguidna. A noite estava bem avançada, não vimos mais nenhuma janela com a luz acesa, exceto as da minha avó; Ndétare me levou em casa. Na entrada da porta, deteve-se:

— Veja que, mais de vinte anos depois, ainda existam crianças que repetem esse mesmo refrão. Na verdade, a situação piorou desde que os pregadores começaram a atravessar o deserto para virem despejar o obscurantismo religioso por aqui. Imagine que em nossa terra, outrora animista e pagã, agora encontramos cada vez mais mulheres usando véu; algumas das minhas alunas vêm para a aula vestidas assim ou porque imitam a mãe, ou porque obedecem a um pai zeloso que, de repente, descobriu o proselitismo religioso. Quando ouço as notícias, percebo que os falsos devotos estão invadindo o país; para propagar a doutrina, eles criam institutos, sob a fachada de ajuda humanitária, e abrem escolas árabes que chegam até as áreas rurais. Mas são espertos, não se expõem; quem cuida de tudo são as pessoas dominadas por eles. Como é evidente, o Estado não vê nenhuma malícia nisso e usa esses avanços como pretexto para se isentar da responsabilidade de ele próprio resolver os problemas. Foi assim com a colonização, e quando acordarmos vai ser tarde demais, porque o estrago será irreversível. Em troca de alguns benefícios, pessoas sem conhecimento profundo do Alcorão seguem esses pregadores obscuros como ovelhas. Além disso, por que motivo nossos governantes haveriam de querer combater quem justamente está assumindo a responsabilidade deles?

A lua cumprimentava as nuvens, e pude imaginar a expressão de desânimo do professor pelo tom de sua voz. Mas ele queria que eu ficasse numa vibração mais alegre:

— E você, que queria ser Sokhna Dieng! Pensou que eu tinha esquecido? Lógico que não! Além do mais, agora consigo entender melhor...

Sokhna Dieng é uma das pioneiras do jornalismo na televisão senegalesa. Quando pequena, eu a vi na tela pela primeira vez durante uma viagem a Kaolack com minha avó. De volta ao vilarejo, muitas vezes pegava vários jornais, e depois acabava com as pilhas do cassete da minha avó: eu gravava as notícias que lia, tentando ao máximo imitar a voz e o estilo da Sokhna Dieng.

— Chega! — gritou minha avó, exasperada. — Só Deus sabe quando você vai poder comprar outras pilhas. Já chega por hoje!

— Por favor, só mais uma vez — implorei —, quero falar bem o francês assim como Sokhna Dieng.

A suavidade, a graça, a aparente facilidade com que aquela mulher falava, e o modo como ela, no palco da TV, concedia a palavra a cada uma das pessoas com um gesto de mão elegante, sem jamais ser interrompida, mesmo pelos convidados mais agressivos, me fascinava: uma mulher que tinha direito de falar!

Demos sonoras gargalhadas com a evocação dessa lembrança. Antes mesmo que Ndétare tivesse tido tempo de tirar conclusões, perguntei:

— É melhor ser uma criança que sonha e se torna um adulto

que sabe administrar suas frustrações, ou ser uma criança que não alimenta sonhos e se torna um adulto contente com a agradável surpresa do sucesso inesperado?

Ndétare enveredou por uma análise filosófica. A porta da sala se entreabriu, minha avó meteu a cabeça devagarinho pela abertura e fingiu surpresa:

— Ei, vocês dois. A voz de vocês está rasgando a noite! O que tanto vocês falam a ponto de substituir o canto do galo? Cuidado com esse vilarejo, a noite é território de bruxa e, a essa hora em que estão tirando os caldeirões, vocês, presas fáceis, ficam andando por aí, sem esperar os olhos do dia para guiá-los. *Athia, héye,* depressa! Pode ser que você tenha algum poder oculto, mas eu não; vou fechar a porta.

Não se deixe enganar, essas palavras foram ditas com um riso dissimulado, com infinita ternura. Meus olhos se encheram d'água. Pensei na minha vida solitária na Europa, onde ninguém se preocupa com o lugar para onde vou ou deixo de ir, onde apenas minha fechadura computa as horas da minha ausência. Um e-mail ou uma mensagem na secretária eletrônica não sorri, não se preocupa, não se impacienta, não esvazia uma xícara de café, muito menos um coração cheio de melancolia. A liberdade total, a autonomia absoluta que exigimos, quando termina de afagar nosso ego, de nos provar a capacidade que temos de nos assumirmos, por fim revela um sofrimento tão sufocante quanto todas as dependências que evitamos: a solidão. O que significa a liberdade, senão o nada, quando ela já não é relativa a outrem? O mundo se oferece para ser conquistado, mas ele não prende ninguém e não se deixa prender. A pequena corrente imaginária, que nos une e que minha avó mantém me restaurou o equilíbrio. Ela é o farol plantado no ventre do Atlântico que, após cada tempestade, dá novamente uma direção a minha navegação solitária. Com ela, compreendi que não há pessoas velhas, só há veneráveis faróis. Sedentária, ela é o derradeiro porto de armamento do meu barco emocional, lançado ao acaso na assustadora imensidão da liberdade. Sua voz doce no meio da noite era a mãe soprando as queimaduras do filho para refrescá--las. Ndétare sabia disso. Reiterou seu convite para o dia seguinte e se despediu educadamente antes de ir, desafiando os espíritos da noite. Fazia muito tempo que ninguém mais havia esperado por ele, e talvez ele sonhasse secretamente em cair no caldeirão de uma bruxa para que algo finalmente acontecesse em sua vida.

Como não era mais bem-vinda nas pausas para o chá dos garotos, passei a frequentar a casa dele mais vezes e só minha avó sabia a que horas eu estaria de volta em casa. O Atlântico rugia, as ondas mordiam os flancos da ilha, ninguém comentou nada, mas uma brisa quente e nauseabunda espalhava seu sussurro em todas as cozinhas. O boato que se ia colhendo mais rápido do que a flor de sal, servíamos como tempero no jantar. A atmosfera do vilarejo tornou-se irrespirável, saí sem ser notada.

11

Ainda restava-me algum dinheiro, o suficiente para proporcionar uma breve estada num hotel pequeno e despretensioso. Uma viagem a M'Bour, a cidade na Petite Côte onde fiz parte dos estudos, se revelou uma decisão acertada. Primeiro a travessia numa piroga até Djifère, depois um miniônibus, que levantou muita nuvem de poeira pelo caminho esburacado até Joal, onde pôde deslizar por uma pista de asfalto, e lá estava eu envolta por um enxame de vendedores na estação rodoviária de M'Bour. Rápido, um táxi!

Na mesma noite, iniciei uma longa caminhada. Como uma esposa infiel, precisava de resgatar a sensação de tranquilidade dos lugares que havia deixado, o aconchego, numa época em que ainda não sabia da ferida que a palavra nostalgia esconde.

O mar, ansioso por manter sua autoridade sobre M'Bour, enviara sua filha, Brisa, para expulsar Harmatã, o filho do Saara, que nos havia sufocado o dia todo. O aroma marinho chegou às lufadas. A lua estava clara, mas havia poucas pessoas passeando por ali. Rapidamente percebi por quê: ao longe, nos labirintos da cidade, uns jovens faziam uma competição de força física. Não havia dúvida: era uma competição de luta. O ritmo do tantã por si só confirmava a natureza do evento. A música que chegava aos meus ouvidos era a prova cabal do que eu havia entendido. Entoavam árias próprias dos cânticos das lutas. O significado era inequívoco: um chamado à vaidade masculina, declamado por sereias de ébano. Apurei o ouvido e comecei a assobiar:

Lambe niila. (três vezes)

Domou mbeur djéngoul, beuré, dane.
Do sène morôme.

Que quer dizer:
A luta é assim. (três vezes)
Você, filho de lutador, amarre seu cinto, lute
[e derrote-os.
Você é de outra estirpe.

    Parei por um momento, como que para me impregnar da magia dessa litania rítmica. Uma onda de emoção arrebentou dentro de mim. Nenhuma filha da África, mesmo depois de longos anos de ausência, consegue ficar indiferente ao som do tantã. Ele penetra em você, como manteiga de karité numa tigela de arroz quente, e faz você vibrar por dentro. A dança se torna, portanto, um reflexo: não é algo que se aprenda, visto que é sensação, expressão de bem-estar, despertar de si mesmo, manifestação de vida, energia espontânea. Ram-tam-pitam!
    Noite de M'Bour, deixa-me ouvir a batida do seu coração e, por você, transformarei meus músculos em cordas de *kora*! A cabeça revirada por esse som ancestral, os pés enfiados na areia fria das noites no litoral, não há outra forma melhor que essa para sorver a seiva da África. É como uma comunhão com a mais antiga de todas as eras. Podemos substituir nossos *pagnes* por calças, contrabandear nossos dialetos, roubar nossas máscaras, alisar nossos cabelos ou clarear nossa pele, mas nenhum conhecimento técnico ou químico jamais saberá como extirpar de nossa alma essa veia rítmica que nos salta à flor de nossa pele ao primeiro rufar do *djembé*. Razão e sensibilidade não são mutuamente excludentes. Apesar dos golpes desferidos pela história, esse ritmo permanece, e com ele nossa africanidade, em que pese aos pregadores de todos os quadrantes. Ah! Como era bom estar ali! Estou feliz, feliz!, repetia.
    Imóvel, imersa em meus pensamentos, não havia chegado

ao local onde acontecia a luta. Levada pelo deus do tantã, estava prestes a me tornar sua sacerdotisa quando de repente um silêncio profundo me tirou da minha introspecção. Os tantãs ficaram em silêncio, anunciando o fim da luta. A lua, orgulhosa de seu aspecto, encerrava sua trajetória. Não pude admirar a dança dos lutadores, mas não fiquei frustrada de forma alguma. Prometi a mim mesma que voltaria no dia seguinte ao local da luta, e segui para o hotel.

Ao atravessar o saguão, o recepcionista, que parecia estar esperando que eu chegasse, veio ao meu encontro, armado de um sorriso patético:

— Boa noite, senhora. Minha esposa acabou de dar à luz, ela está no hospital, e não está bem. Ela vai precisar de medicação e não tenho dinheiro suficiente para comprar. Sei que a senhora vai compreender. Então, agradeço se a senhora puder me ajudar a salvar sua irmã. O bebê é uma menina, e vamos dar-lhe o seu nome, é um nome bonito.

Dei uma gargalhada; seu jeito acanhado era engraçado.

— Você é muçulmano?

— Sim! Como a maioria dos senegaleses.

— E é seu primeiro bebê?

— Sim, a primeiríssima!

— E você quer que eu acredite que você vai lhe dar esse nome em minha homenagem? É melhor você deixar esse tipo de bajulação para os turistas.

Nós começamos a rir: meu primeiro nome é um dos mais comuns no Senegal, e normalmente as famílias muçulmanas o dão à filha mais velha. Além do mais, é tão fácil de pronunciar que os cooperantes estrangeiros "naturalmente" apelidam as empregadas com esse nome. O recepcionista riu bem-humorado, percebendo que sua historinha não fora convincente. O hospital, os remédios, a voz trêmula funcionava bem com os otários. Ele não era o único a usar desses truques para tentar arrancar dinheiro de pessoas supostamente ricas que chegam da França. Mas eu já havia encontrado um ator melhor que ele na minha ilha: um belo dia, um homem me pediu, às lágrimas, que pagasse por uma receita médica para o filho dele que estava doente. Acabou me convencendo e meti a mão na bolsa. Isso foi de manhã. No mesmo dia, à tarde, vi o tal filho acamado correndo pelo campo de futebol como uma flecha, e tocando o terror contra o time adversário...

— Ainda fico mais dois dias, e antes de ir embora vejo se sobrou alguma coisa que eu possa dar a você.

— Ok, senhora, muito obrigado — ele disse rindo.

Ele me desejou boa noite com uma jovialidade misturada com vergonha. Quando cheguei, no começo da tarde, a princípio ele tinha hesitado em me dar um quarto:

— Identidade, por favor. Diga ao seu cliente que ele tem de pagar adiantado pelo quarto — disse ele.

— Que cliente? Que falta de respeito! — retruquei antes de reconsiderar. – Estou de férias, aqui está meu passaporte e meu cartão de residente.

— Ah, uma *Francenabé!* Perdoe-me, senhora. Bem-vinda ao nosso país. Dê-me sua mala, vou mostrar-lhe seu quarto.

Depois de inspecionar as instalações e constatar que tudo estava mais ou menos em ordem, caí na cama. A frase do recepcionista não saía da minha cabeça: *"Bem-vinda ao nosso país"*, como se esse país não fosse mais meu! Com que direito ele me tratava como estrangeira se lhe apresentei uma carteira de identidade igual à dele? Estrangeira na França, fui recebida como estrangeira no meu próprio país: sempre ilegal, mesmo tendo apresentado meu cartão de residente e carteira de identidade!

Por mais bizarro que pareça, foi graças ao meu cartão de residente na França, sinônimo de solvabilidade, que consegui um quarto de hotel no meu próprio país. E, depois, aquelas palavras dele estimularam meus questionamentos sobre identidade: "Diga ao seu cliente..." Antes de saber que eu morava na Europa, ele pressupôs que o motivo que me levava a me hospedar não era respeitável. Não o culpo: em geral os hotéis do Terceiro Mundo são frequentados só por turistas.

Cidade da Petite Côte senegalesa, M'Bour está infestada de hotéis dos quais a maioria dos habitantes da referida cidade só conhece a fachada. Os locais que os frequentam diariamente devem esse privilégio ao *status* de recepcionistas, camareiros, faxineiras, cozinheiras ou motoristas.

São hotéis horrorosos, erigidos sobre uma plataforma dourada. Como o Estado arrecada uma fábula com as divisas geradas pelo turismo, permite que investidores estrangeiros sejam proprietários dos mais belos recantos do litoral e paguem uma ninharia aos empregados. Filé para os poderosos, e osso para os pobres! Que assim seja no reino do capitalismo que se estende à sombra dos coqueiros. Já que os ratos que comem menos vivem mais tempo, ao menos temos esse facho de esperança! Mas os anoréxicos ainda vão precisar de dieta para emagrecer?

Deixem que o setor hoteleiro funcione para o deleite dos turistas ocidentais! Não fiscalize tanto suas operações, sobretudo, não os aborreça. Precisamos de fidelizar a clientela! Tudo bem se alguns clientes libidinosos vêm exclusivamente para apreciar as paisagens de nádegas negras, em vez de admirar o Lac Rose, a ilha dos pássaros, nossos celeiros vazios e nossas favelas tão pitorescas. Além disso, cansados de equilibrar as contas nos cartões de crédito, e para sobreviver no final do mês, alguns recepcionistas podem arranjar, sob demanda, algumas beldades da cor de canela, prostitutas de luxo dos lábios de mel, que sabem dançar o rigodão.

Quanto às garotas *freelance*, as feias demais para esperar a ligação do recepcionista ou as muito otimistas que preferem jogar com a sorte, vagam incansavelmente pelos corredores dos hotéis, das praias do Atlântico até o coração de Bamako, repetindo a fórmula ritual: *É o amor que passa*. E o amor sempre passa sem elas. *Experts* polivalentes, prontas para o que der e vier, muito embora lhes faltem os meios necessários para inflar os seios com silicone, ouvem a melodia dos próprios saltos pisando os longos corredores, esperando uma oportunidade para expandir seu mercado com um corte de bisturi. Cansados de remendar as vítimas das guerras tribais em troca de salários miseráveis, os cirurgiões africanos terão de escolher entre amputar a gangrena política ou viver da prostituição de alta classe, com a produção em massa da Barbie tropical.

Então, caro cliente, depois de seu "passarinho" estar bem satisfeito, suar e desentumecer, e implorar por um descanso, queira por gentileza engordar a conta de *mam'selle*, que ficará muito agradecida, mesmo que sua cabeça caiba dentro do sutiã meia-taça que ela usa. Se, ao contrário, o senhor dá preferência aos produtos não modificados geneticamente e já não se interessa pelas "Lolos Ferraris", as nativas, tão verdadeiras, tão naturais, lhes serão sempre fiéis e saberão como atender às suas necessidades, sempre que o senhor retornar. Mas, por favor, seja cortês, e poupe-lhe do seu riso quando ela pegar o dinheiro dizendo "*merci, c'est-riz*" em vez de "*merci, chéri*"; não veja isso como um erro de pronúncia. E se, por acaso, ela tiver saído de braços dados com a AIDS e lhe deixado na mão, ela estará à sua disposição no cemitério de Bel-Air, onde o senhor poderá sussurrar-lhe doces palavras e não terá de esvaziar a carteira por isso.

Para as senhoras turistas que vieram restaurar a energia aos corpos carentes de hormônio, não há com o que se preocupar: em troca de algumas cédulas, de um cordão ou de um relógio, mesmo que não seja de ouro, um garanhão vai pousar o tanquinho definido sobre aqueles seios flácidos e regá-los com néctar até o final das férias. Depois disso, todas essas pessoas que adoram a África retornarão, bronzeadas e excitadíssimas. Vão dizer para quem quiser ouvir, mostrando fotos do mercado de Sandaga e uma máscara que compraram lá: "Ah, o Senegal. Que país lindo! Temos que voltar lá!" E cumprem com a palavra. No meio do mar, os náufragos não distinguem um mamoeiro de um ébano, eles se agarram a uma jangada, e só. Senhoras e senhores, bem-vindos ao Senegal!

Meninas africanas muito novas, cheirando a leite, ambiciosas e de barriga vazia, se casam, como alguém que desce ao fundo de uma mina de diamantes, com ocidentais muitíssimos mais velhos, cujo único poder de sedução se resume à charmosa carteira de dinheiro.

Atrás das praias africanas ou em apartamentos de tijolo de concreto pré-moldado estilo europeu, são inúmeras as Vênus negras que se deitam todas as noites como Jesus na cruz. Resignadas, lavam dentaduras, cuidam dos seus dinossauros, têm esperança num gozo provocado por um toque trêmulo ou pela compaixão de um encanador que está de passagem. Conscientes de carregar um útero inútil, aguardam a viuvez antes da menopausa e lutam para conservar a beleza. Mártires da pobreza, só o dinheiro que enviam ao país para alimentar a família é capaz de consolá-las. Eis aqui, meus irmãos, peguem e comam, esta é a minha carne, engelhada à moda europeia para vocês! Não, não digam hosana! Isso é apenas um réquiem. Os Cupidos de ébano, na mesma situação, têm mais sorte. Alguns, para garantir a progênie, contraem um segundo casamento, mas deixam a esposa em casa e vêm visitá-la a intervalos irregulares.

Mas ao mesmo tempo que a indústria do turismo despeja uma enxurrada de turistas velhos e patéticos, prontos para comprar um casamento, também traz hordas de neuróticos que adoram uma carne fresca. Os pacotes que fidelizam esse último tipo de turista não aparecem em nenhum catálogo. São crisálidas a quem não damos tempo para abrirem as asas, flores despetaladas antes de desabrocharem. O Atlântico pode banhar nossas praias, mas não lava a mácula deixada pela maré turística.

Depois de alguns dias de diversão em M'Bour, voltei ao vilarejo para terminar minhas férias, com a cabeça cheia de imagens e canções de luta, o corpo relaxado graças à generosidade de algumas ondas. Foi, portanto, sem qualquer sentimento de animosidade que reencontrei os garotos na pausa para o chá. Depois da discussão acalorada da semana anterior, estava escaldada e quis evitar qualquer embate antes de ir embora. Descartando todas as referências à França, voltava a todo instante ao tema da minha estada em M'Bour:

— Fiquei muito feliz em ver M'Bour novamente. A cidade já não parece aquela dos meus tempos de liceu, mas fiquei tão contente...

— Da mesma forma quando você chega na França? — me interrompeu a voz maliciosa de Garouwalé.

Ele continuava mais descarado do que nunca.

Ah, bendita França! Talvez porque tenha nome de mulher seja tão desejada por nós. A interpelação não me causou surpresa alguma, emanava da inveja suscitada pela minha partida iminente. Fingi certo desprendimento e me empenhei em contar a eles, cuja intenção deliberada não escapou a ninguém, sobre as boas-vindas que recebi quando cheguei pela primeira vez à França e que, mesmo depois de tantos anos, nunca se apagaram da minha memória.

O avião aterrissou às duas da tarde e expeliu uma multidão multicolorida que imediatamente irrompeu pelo saguão do aeroporto. Do alto das escadas do desembarque, o sorriso profissional de uma aeromoça se prolongava no *i* de Paris, como que para alargar a cidade.

— Senhoras e senhores, bem-vindos a Pariiiye!

Voz automática, melosa demais e longe de ser doce, sem um pingo de sinceridade. Foi o tempo de esquecer aquele rosto, e os passageiros formaram duas filas na frente dos guichês de controle. De relance, vi qual delas andava mais rápido e entrei na fila antes de notar uma placa que indicava: *Passaportes europeus.* "Ai, que droga! Estava quase na minha vez! Achava que o *apartheid* tinha acabado", pensei me queixando e fui procurar a da minha classe.

Em frente ao guichê do lado, onde o homem de uniforme não conseguia mais ver onde a fila terminava, outra placa informava: *Passaportes estrangeiros.* Entrei na fila. A distância que me separava do olho da Nação ficava cada vez menor. A cada meio metro, puxava minha mala. De repente, umas vozes vibraram em meus ouvidos. Bem na minha frente, dois africanos algaraviavam numa língua que eu nunca ouvira antes. Intrigada, me perguntei o que tanto aquele casal falava entre si, com tamanho entusiasmo, e especialmente em que língua. Depois de apurar o ouvido a troco de nada, me esforcei para deixar a curiosidade de lado. Afinal, quando se trata de línguas, deve haver pelo menos oitocentas na África, segundo Georges Fortune. Felizmente existem o francês e o inglês, pois do contrário a OUA teria de se reunir em volta de um tantã.

Minutos sem fim, e foi a vez de o casal africano apresentar os documentos.

— Senhor, primeiro, seu cartão de residente expirou faz uma semana; segundo, esse passaporte não pertence à senhora, a mulher da foto é muito mais velha que ela. Os senhores não podem permanecer em território francês!

A moça, olhando fixamente para a cara exasperada do porteiro da Nação, começou a fazer um verdadeiro discurso na língua nativa, ao mesmo tempo que seu companheiro. O funcionário repetia as mesmas palavras em voz alta, mas o africano não parecia entender bem e continuava a emendar frases cujo sentido ia se dissipando com as volutas de vapor saídas de sua boca.

De cima do meu salto alto, tremia enquanto assistia à cena. Minha saia e o decote da minha blusa, bem agradáveis nos 30°C de Dakar, mostravam agora suas limitações diante dos 3°C parisienses. Um café, pelo amor de Deus, um café, teria dado qualquer coisa por uma bebida quente! No Senegal, tomava meu café de manhã e ficava surpresa de ver os brancos, nos filmes, tomando café a qualquer hora do dia. De repente, entendi que isso fazia parte da condição deles. O africano e a companheira, que se viraram para mim em busca de uma demonstração de cumplicidade, estavam sentindo na pele a condição deles.

Levantei algumas hipóteses. Os imigrantes me contaram alguns esquemas que usam: alguns, que moram na França com mulher e filhos, quando vão para casa nas férias não hesitam em arranjar segunda mulher e entram com ela de volta na França falsificando os documentos da primeira esposa.

O homem que batia o pé no chão, ali na minha frente, pode ter tido menos sorte que seus precursores. Ou, quem sabe, simplesmente lhe faltasse bom senso? A tomar pelas aparências, ele poderia ser o pai daquela mulher que tinha ao lado e que não sossegava de tanta impaciência. Será que não arranjou uma segunda esposa jovem demais para se passar pela primeira e enganar a vigilância e perspicácia dos funcionários?

O funcionário levantou-se, me olhou, e disse gritando:

— Por acaso eles são bitolados, é? E você? É, você, você fala francês?

— Sim, senhor.

— Então traduza para eles o que vou dizer: meu colega virá buscá-los, vão ficar sob custódia; quando conseguirmos um lugar para eles num avião, serão mandados de volta para casa, rápido, rápido.

— Não sei falar a língua deles, senhor.

— Mas, afinal de contas, é inacreditável, e vocês falam como na sua terra, com os pés, é?

"Não, com o tantã, imbecil", pensei, segurando o riso. Mas não dei um pio; ele certamente nunca leu Georges Fortune que, aliás, acho que inventava qualquer coisa. Fez uma ligação. Num instante, dois policiais, surgidos não sei de onde, vieram dar as boas-vindas ao casal e escoltá-lo até seus aposentos, um lugar que, tampouco, aparece nos cartões-postais de Paris.

O oficial voltou para seu posto e entreguei-lhe meus documentos.

— Sabe, senhor, de acordo com Georges Fortune...

— Pouco me importa seu George e a fortuna dele, o que me incomoda é ver todos vocês, vocês todos aí, virem para cá querer fazer a fortuna de vocês aqui.

Leu atentamente meu comprovante de hospedagem, folheou meu passaporte minuciosamente.

— O seu visto de turista é por três meses; sua hospedagem é válida apenas por dois meses, portanto, sua estada está limitada a dois meses.

— Sim, senhor.

— E o resto?

— Sim, senhor.

— Sim, o quê? Os cheques de viagem e o bilhete de avião, idiota!

— Sim, senhor.

— Para de guinchar assim e anda logo, não tenho o dia todo, não, merda!

Estava tudo em ordem. Os cheques de viagem somavam a quantia exigida de cem francos franceses por dia para toda a duração da estada. O visto estava estampado num lugar bem destacado no meu passaporte, mas, como era o primeiro, o vigia do Estado suspeitou. Veranistas africanos com um único visto, com passagem só de ida, ele já conhecia aos montes; terminam por dormir nas igrejas da França, comer na Coluche, bajular as assistentes sociais, confessar com o padre Pierre e demandar o direito ao voto. Ao ver meu bilhete de volta, ficou mais tranquilo. Ufa! Finalmente ia poder passar a represa e pisar o solo francês. Os espinhos estavam esperando por mim mais adiante.

Enquanto contava essa história, esperava ver sinais de compaixão ou desânimo no rosto deles. Mas não vi nenhum. Garouwalé pôs um ponto na minha peroração fazendo um comentário sarcástico:

— Ah! Então a gente pode acreditar que você gosta muito de espinhos? Caso contrário, você não teria voltado para lá todas as vezes. Acho que esses seus espinhos iam me agradar bastante, sabia? A vaca se alivia no prado onde pasta, mas isso deixa a grama cada vez mais viçosa! Ah! Ah!

Aborrecida com esses diálogos improdutivos, me distanciei e me preparei para voltar, tentando administrar o melhor que podia o meu *blues* de final de férias. Uma angústia pungente sempre precede meu retorno ao Hexágono, mas nunca contei isso a ninguém. Para eles, eu não sou a sortuda que bate as asas e voa para a França? Mesmo dentro da minha própria família, poucas pessoas se sensibilizavam com minha melancolia. Só confiava na minha avó e em Ndétare, que entendiam a dor de partir e podiam me consolar. Despedi-me muito rapidamente dos garotos. No entanto, no dia da minha partida, todos me acompanharam até o cais. A África é tão calorosa! E, depois, o tempo, a distância e a nostalgia sempre acabam transformando a pior das raivas em canções de amor.

12

Poucos meses depois do meu retorno à França, minha disputa com Madické se mantinha igual, embora, paradoxalmente, a distância nos tivesse aproximado. Sem dúvida, o custo das ligações nos levava a evitar os assuntos que incitassem raiva, muito embora a Copa da Europa e as várias prorrogações servissem de alegoria para nosso confronto silencioso. Todos os nossos diálogos, mesmo os mais inofensivos, se tornavam uma queda de braço.

— Alô!

— Oi, sou eu, Madické, me ligue de volta.

— Oi, como é que você vai? O que houve para me ligar tão cedo? Ainda são oito horas. Como estão nossos avós? Como vão?...

— Bem, todo mundo está bem. E você, vai fazer o que hoje?

— Nada de especial, passei a noite toda escrevendo. Vou dormir.

— O quê? Esqueceu? Hoje é a final França x Itália, às 18 horas, hora do Senegal. Pelo fuso horário, será às 20 horas daí. Não vai se esquecer de assistir ao jogo.

— Bem, preciso de dormir um pouco.

— Por favor, coloque o despertador. Estou contando contigo. Você não pode deixar de assistir, de jeito nenhum. Tentamos consertar a TV do parisiense, mas não resolveu; ela liga e desliga quando bem entende. Não sei se vamos conseguir assistir ao jogo todo aqui. Entende agora por que conto com você? A gente se fala depois do jogo?

— Tudo bem, mas não vou te contar o jogo todo. Só o resultado, porque essa ligação custa muito caro!

— Tá, ok, ok, não se esqueça do despertador mais tarde.

— Tchau, seu tirano!

Ele desligou e eu reclamei para as paredes: "Não preciso de um maldito despertador para o seu maldito jogo! Saco!"

Antes de ir dormir, programei dois alarmes, um com toque repetitivo, o outro imitando sinos tilintando ao ritmo do balanço das vacas andando pelo pasto. Exceto por intervenção do espírito do mal, tinha certeza de que veria Zidane fazer os italianos botarem os bofes cheios de macarrão para fora, e Maldini meter o filé com fritas pela goela abaixo dos franceses. Toda uma nação riria de ver o outro rosnando; dois exércitos não oficiais, armados com as travas das chuteiras, tinham que definir quem era quem. Madické tinha toda a razão, eu não podia perder essa guerra de caneleiras.

Com relação ao despertador, ele marcou o gol bem no canto da baliza, e eu obedeci. Mas será que ele sabia o quanto estava demandando de mim? Por um tempo ele parecia um domador, estalando o chicote, no circo da minha cabeça. Toda aquela ânsia de emigrar e o papel que ele me havia designado me mantinham acordada. Noites de questionamento, noites de escrita, torrando o cérebro. O suco? Palavras fiadas, como algodão, tecidas, trançadas, para formar a linha invisível que liga a orla do sonho à da vida. Guirlandas de palavras-perversão que queimavam meus olhos, quando ele me achava indiferente a sua sorte. Como fazê-lo entender que não me recusava a ajudá-lo? Que, tendo vivido a dureza da jornada, não poderia assumir a responsabilidade de ser seu guia no caminho até à Terra prometida? Não tenho uma varinha de condão capaz de dividir as águas, tudo o que tenho é só uma caneta que tenta abrir um caminho que ele não poderá tomar emprestado. No entanto, ao me opor à sua vontade, o que eu teria a lhe propor para provar que a salvação é possível sem ter de emigrar? Naquele momento, ele encarava sua realidade de cidadão do Terceiro Mundo, enquanto eu seguia meu fio de Ariadne na França.

Logo percebi que todas as minhas obstruções verbais continuavam ineficazes. Ajudá-lo a pensar num projeto, viável de realizar na ilha, pareceu-me o melhor argumento. Restava desentocar uma boa ideia, suficientemente atraente, para convencê-lo a desfazer as malas imaginárias. Como não se cultiva trigo no Atlântico, meu suor tinha que fermentar a faixa de areia branca onde pedi ao meu irmão que plantasse seus sonhos. E, para isso, eu tinha de economizar. Tal como o primo do Sonacotra, pura e simplesmente abriria mão das coisas supérfluas do Ocidente. Meu lazer se resumiu aos passos de dança que executava no meu corredor, depois das longas horas passadas na frente da tela do computador. O telefone era o cordão umbilical que me reconectava ao resto do mundo. Mesmo trancada, continuamos seguindo o curso da nossa existência.

Desorientado diante da sua, Madické esperava que eu pudesse servir de lebre na sua corrida incerta em direção ao futuro. Mas eu, teimosamente, seguia por uma trilha que me levava a outro lugar que não a França, país onde ele queria aterrissar a qualquer custo. Um projeto viável para ser implantado na ilha era tudo o que eu vislumbrava. Depois de um tempo levando uma vida malthusiana, havia juntado algum dinheiro, uma pequena quantia na França, mas enorme o suficiente para abrir uma loja na ilha. Não seria nada gigantesco, apenas uma espécie de mercearia, que jamais seria cotada na Bolsa de Valores, mas que garantiria um meio de ganhar dinheiro mais certo do que a pesca, e menos perigoso do que a emigração clandestina. Na manhã da final da Copa da

Europa, enquanto Madické falava comigo ao telefone, ele ainda não sabia do pezinho-de-meia que eu estava fazendo para ele nem da ideia que vinha matutando. Mas, depois de uma noite em claro, precisava de recuperar as forças antes de me lançar num debate que prometia ser quente. Tinha ido dormir depois do telefonema dele, dizendo a mim mesma que lhe revelaria o projeto em outro momento, quando a atenção dele já não estivesse monopolizada pelas notícias esportivas que o deixavam muito agitado.

Naquela hora em que o padeiro dá uma olhada rápida nos *croissants* e conta quantos sobraram, que os motoristas se dirigem para o centro da cidade, que o mar de pedestres ainda sonolentos acordam as calçadas, que os executivos, rabugentos, se afundam nas suas poltronas de couro, ladrando o nome da secretária, naquela hora, enfim, em que, lasciva, Estrasburgo ouve o murmúrio do Reno e se oferece à tímida carícia do dia, me enrosco no meu edredom. Não estava frio, era verão; no entanto, apesar das portas fechadas, precisava de me cobrir para me isolar melhor e começar minha noite em plena luz do dia. Impossível dormir. Eu mais parecia uma panqueca: assim que um lado da cama ficava quente demais, me virava para o outro lado. Desisti e empurrei o edredom, que agora já pesava uma tonelada. Mas não adiantou nada. Diante dos meus olhos, que mordiam a escuridão, uma tela começou a dançar. Indiscreto, o olho do capitalismo me perseguiu até na intimidade da minha cama para me dar ordens: *Norton antivírus! Sua assinatura da Symantec expirou! Para continuar a se beneficiar das novas atualizações do Live Update, clique em renovar!*

Antes de ir para a cama, eu havia seguido as orientações, acreditando que fossem inofensivas. Que surpresa desagradável! A tela me pedia 22,83 euros. "Então, tá, queridinha. Eu não te pedi nada", murmurei antes de clicar em *cancelar*. E protestei contra esses gananciosos que empurram as fronteiras do mercado e chegam até à sala da nossa casa. Não satisfeitos em nos tornar clientela cativa, eles nos manipulam através da mediação de uma tela e sacam o lucro de dentro de nossas bolsas *via* Internet. "Não, desta vez eu não vou fazer o que você quer!", esbravejei e saí rebolando para meu quarto. Mas estava muito mais nas mãos da alta tecnologia do que podia imaginar. Estirada na cama, implorava a Morfeu, em vão. Meu sono fora confiscado, uma palavra piscava no meio do meu cérebro: "Vírus! Vírus! Vírus!" Pulei da cama. Não! Meu computador! Não suportaria vê-lo infectado pelo Ebola virtual. Uma vacina, rápido! Tinha de imunizá-lo contra todos esses ataques, e que se dane o cartão de crédito; afinal, ele não passa de uma lâmina indolor que o *marketing* inventou para cortar nossas veias. Eu "reestartei", meu *mouse* encaminhou minha mensagem de rendição, a Symantec saboreava a vitória ao me dar a ilusão de que agia por conta própria: *Solicitação enviada com sucesso!* "Vai pro inferno!", resmunguei, voltando para a cama.

Mal pus a cabeça no travesseiro, a voz de outro ditador começou a repetir como um eco: *Não se esqueça de assistir ao jogo...* Chequei os dois despertares para me tranquilizar, mas a voz insistia. O dia passava e meu sono não voltava. Eu precisava de descansar, mas eu cambaleava de fadiga. A vizinha de cima começou a passar o aspirador, minhas têmporas latejaram fazendo ram-tam-pitam e eu estava mais tensionada que o tantã de Doudou Ndiaye Rose, o maior mestre percursionista de Dakar. Só via uma saída: esperar pelo início da partida no banho. Preparei um banho de espuma — apesar das muitas advertências de um amigo médico — com aroma sintético de coco, confiando na minha melanina para aguentar qualquer gel de banho, e, aí, a campainha tocou. Rápido, cadê meu roupão! Era a carteira me trazendo, juntamente com o simpático sorriso, uma carta registrada, a enésima convocação para comparecer à Diretoria Regional de Informação Geral para tratar do meu pedido de naturalização. Joguei a carta na mesa e mergulhei de volta na minha banheira. "Decididamente, não vou conseguir ficar em paz hoje", pensei.

Durante meu primeiro ano na França, antes de me concederem a permissão de residência, assim que cheguei fui convocada para me apresentar ao Departamento de Migração Internacional para um raio-X completo. Não tinha sarna nem pústulas e, não sendo portadora de nenhuma doença inconfessável, me enviaram, com uma conta de 320 francos franceses, um atestado médico que dizia: *Cumpre os requisitos exigidos, do ponto de vista sanitário, para que seja autorizada a residir na França.* Por conseguinte, a doença é considerada um vício redibitório que impede o acesso ao território francês. Note que, na época em que o negro, o ébano e as especiarias eram vendidos de roldão, ninguém comprava um escravo doente. E nas colônias, durante muito tempo, os nativos acreditaram que o senhor branco nunca adoecia porque faziam de tudo para manter o mito de sua superioridade. Os enfermos eram proibidos de permanecer nas colônias e, assim que um colono começava a dar sinais de fraqueza, tratavam logo de mandá-lo de volta para a metrópole. Até hoje, o exército francês presente nas ex-colônias mantém voos especiais para repatriar os doentes, os patinhos feios, todos os que mancham a bandeira tricolor.

Será que o departamento de informação geral pretendia me ensinar qual é meu lugar? Uma coisa é certa: queriam saber tudo sobre mim. Viram que eu trazia a negritude de Senghor estampada no rosto e não sabiam qual dos personagens de *Os Miseráveis*, de Vitor Hugo, iria encarnar. Podiam perguntar o que quisessem, porque dessa vez estava decidida: eu responderia a todas as perguntas. Ia mostrar-lhes em detalhe todos os meus indicadores para provar que ocupo menos espaço do que Monsieur La Plaie, da República. Preparava uma cabeça de vitela com manteiga de amendoim, para provar a eles que eu poderia recuperar as forças de um presidente, restituir-lhe a juventude sem precisar de *lifting*, e evitar as críticas do ambicioso primeiro-ministro. Faria com que sentissem o cheiro das minhas axilas, meus perfumes e desodorantes favoritos. E, por fim, deixaria que contassem os buracos na renda da minha calcinha, medissem o comprimento dos meus pelos e, se insistissem, me estriparia para mostrar-lhes o local exato dos meus intestinos onde a humilhação havia prendido as ventosas.

O banho acabou esfriando, coloquei mais água quente e, pensando nos jovens africanos que sonham em estar no meu lugar, improvisei uma balada baseada nas canções de lamento do meu vilarejo. Mergulhada até o pescoço sob a espuma que transbordava da banheira, disse a plenos pulmões:

Enclausurados, cercados
Cativos de uma terra outrora abençoada
Que só tem a fome para embalar

Passaportes, comprovantes de hospedagem, vistos
E todo o resto que não nos informam
São as novas correntes da escravidão

Extrato da conta bancária
Endereço e origem
Critérios do *apartheid* moderno

África, mãe-raiz perene, nos dá o peito

O Ocidente alimenta nossos desejos
E ignora os gritos da nossa fome

Geração africana da globalização
Atraída, depois filtrada, estacionada, rejeitada, desolada
Apesar da viagem, apesar de nós, ainda somos nós.

Nesse domingo, 2 de julho de 2000, meu dia estava estagnado no meio do sofá quando os despertadores dispararam o grito de alarme; a final da Copa da Europa começaria dentro de poucos minutos. Uma rápida olhada pela sacada foi o suficiente para perceber que em dia de Nossa Senhora da Redondinha ninguém põe o pé na rua. Todos os habitantes do meu bairro estavam em retiro dentro de casa, orando diante do tabernáculo da mídia. Fiz meio litro de chá e liguei a televisão. Antes do pontapé inicial marcado para as 20 horas, os hinos nacionais da Itália e da França se elevaram como em oração. Qual deles alcançaria os ouvidos de Deus, ninguém sabia ainda. A câmera deteve-se em cada seleção por um momento. Para quem não conseguiu identificar os titãs de ambos os lados, os repórteres faziam breves históricos de cada um com a voz já eletrizante, própria da emoção e agilidade do jogo. Era a trigésima segunda partida entre França e Itália. Desde o início, Monsieur Frisk, o árbitro sueco, percebeu que não iria apitar um futebol de mesa. França x Itália: Didier Deschamps, seguro das dezenas de convocações, acreditava estar em vantagem suficiente para enfrentar o ataque dos italianos, mas Maldini estava um nível acima e pretendia usar toda a experiência que lhe conferiram as incontáveis participações na seleção do país dele. Os dois veteranos passaram todo o primeiro tempo estudando um ao outro. Descobrir e depois explorar as falhas do adversário pode não ser a estratégia mais corajosa, mas certamente é uma das mais eficazes. À sombra da árvore das palavras, o mais sábio dos sábios sempre fala por último. Respeito! Barthez e Toldo foram fortemente confrontados e, ao contrário dos pescadores, os dois goleiros queriam devolver as redes vazias. Com molas pregadas às chuteiras e programados para barrar qualquer coisa que fosse redonda, vigiavam o gol qual tigres famintos, e não hesitariam em atacar até mesmo uma bolinha de sabão. Sem dúvida, esses dois, colocados na frente das barricadas de 1968, teriam contido sozinhos o ataque da guarda montada. Nas arquibancadas, os torcedores se extasiavam e rivalizavam cantando ditirambos.

Os touros espanhóis não gostam de vermelho; os italianos odeiam amarelo, a cor favorita de Frisk. No primeiro tempo, por duas vezes o árbitro sueco se atreveu a mostrar o cartão a Di Biagio e Cannavaro, pela entrada violenta. Delvecchio começou a ficar vermelho de raiva e achou melhor deixar a educação de lado. Já no décimo minuto do segundo tempo, disparou um torpedo no fundo da rede de Barthez. O orgulho francês foi ferido e o time montou um contra-ataque em direção ao gol dos adversários. É olho por olho, e não vão deixar barato; vão fazer os italianos comerem grama por essa afronta. Zidane ignorou solenemente o devido respeito aos jogadores mais velhos; partiu para cima e ainda quase fez uma peruca com o cabelo comprido de Maldini. Quem anda com Deus não se importa de derrotar um rei! Extrema tensão, as chuteiras estão soltando fogo, mas nada disso abala a determinação daqueles dois homens. Zidane bateu de tal maneira que conseguiu um tiro livre para a França, mas Toldo estava lá para frustrar a ambição do meio-campista e lembrá-lo do respeito que devia a Maldini. Lizarazu, que quase não se movimentava, foi desarmado por Pessoto, que seguiu livre com a bola. Thierry Henry enlouquecido se desvencilhou e atirou para o gol de Toldo, que estava esperando e agarrou sem vacilar.

Roger Lemerre, sentindo o perigo, imitou Dino Zoff, seu colega italiano, e pediu sangue novo. Algumas pernas cheias de energia adentraram o gramado, enquanto alguns traseiros continuaram a esquentar o banco de reservas, inquietos. As duas seleções sonhavam em beber champanhe na taça da Eurocopa, mas antes teriam de enchê-la com o próprio suor. A cortesia não tem espaço no campo de batalha. Zidane trocou sua lendária serenidade frente à agressividade do lutador por uma falta flagrante em cima de Albertini. E dizer que já o comparamos a Gandhi! Na competição, o pacifismo de um grande esportista é igual à castidade de uma prostituta. Em suma, o fim do tempo regulamentar se aproximava, os jogadores franceses se descontrolavam por conta da ansiedade e do nervosismo, prejudicando a movimentação e justificando os golpes baixos contra os adversários que estavam em vantagem. Nas arquibancadas, os supersticiosos cruzavam os dedos, mas lamentavam o champanhe colocado na geladeira. Quanto aos italianos, se agora respiravam como carpas, a saliva começava a ter o doce sabor da vitória.

Foi então que, dois dribles antes do apito final, Sylvain Wiltord optou por azedar-lhes o apetite, marcando o gol de empate que zerou o relógio e adiou o horário do jantar. Os italianos têm a fama de negar fogo na cama, mas, naquela noite, a beldade que cobiçavam se fazia de difícil e queria ter certeza de que eles poderiam fazer o mesmo no gramado. *Mamma mia!* Após uma breve pausa, sem beijinhos nem abraços, as duas seleções foram com tudo para a prorrogação. Mas, apesar do esforço, os dois lados não conseguiam concluir a partida dentro do tempo humanamente suportável. Esticando os músculos ao extremo, a bolha de couro os levara àquela guerra de atrito, ao término da qual, como sabiam, o cetro do rei seria entregue ao mais forte, o que não significa necessariamente o melhor. Nessa fase de um confronto, não é o talento que conta, somente o gol é capaz de trazer a recompensa e conceder ao autor o reconhecimento de uma nação inteira. Movidos pela energia do desespero, todos os chutes, mesmo mal enquadrados, eram disparados na direção das redes. O importante era provocar a sorte sem fazer perguntas; essa moça lasciva é voluntariosa. Foi a Trézéguet que ela concedeu seus favores, e mais rápido do que ele esperava. Já no décimo terceiro minuto do tempo extra, ele marcou o gol de ouro que fez a *Squadra Azzurra* mergulhar no abismo da derrota.

A vitória espalhou gritos de alegria pela França inteira. Enquanto Trézéguet desmoronava sob os louros e cumprimentos vigorosos dos companheiros, esperando para abraçar a taça da Eurocopa como nunca havia abraçado sua mulher, Albertini lutava para conter os soluços. Os jogadores italianos já não eram uma equipe, mas ilhotas de decepção e sofrimento. A vitória é sempre compartilhada em conjunto, mas o prato da derrota se come sozinho. Depois de mostrar a euforia dos franceses em diferentes partes do país, os anjos da transmissão direta acharam por bem mostrar o vazio e a desolação da Piazza del Popolo abandonada pelos torcedores martirizados. Os repórteres franceses ainda fizeram a crueldade de observar que, em cento e onze convocações, Paolo Maldini nunca havia conquistado um único título na seleção italiana.

Pensei em Madické que o idolatrava apesar de tudo. Será que a TV do homem Barbès funcionou, será que levou a tristeza de Maldini para o fundo do ventre do Atlântico? Em suma, será que meu irmão tinha visto a partida? Imaginei-o desapontado e sozinho, cercado por seus camaradas que, sofrendo da síndrome pós-colonial, saboreavam sem se reprimir todas as vitórias da seleção francesa. Da minha sala de estar, podia ouvir os gritos de alegria e o som das buzinas que transformaram Estrasburgo em um gigantesco estádio delirante. A TV dissecou, em câmera lenta, os lances mais importantes da partida; os comentários já não eram mais duvidosos, mas triunfantes e peremptórios. "Agora que o essencial foi dito, pensei, vou preparar outro chá para me dar coragem de relatar a partida para Madické, se é que, por acaso, ele já não viu, ao mesmo tempo que eu, o olhar desamparado do ídolo derrotado."

Quando voltei da cozinha com meu bule de chá na mão, o telefone tocou:

— Sou eu — disse uma voz trêmula.

— Desliga. Já te ligo de volta.

— Não, não precisa, a TV do parisiense não estava com a imagem nítida, mas pudemos acompanhar o jogo todo. Não dá para acreditar no que aconteceu. De qualquer forma, Maldini estava super bem, ele deu tudo...

— É, mas pare um pouco de deificar Maldini, esse cara não está exausto de cansaço, mas dos milhões que carrega, e além disso ele nem sabe que você existe.

Então, pensando melhor:

— Não se preocupe, é só um jogo.

— Mas é a Eurocopa! Os italianos mereciam ter ganhado, a *Squadra* estava melhor até o fim do jogo, é muito injusto! Fico muito irritado com isso. Os amigos riem de mim, e também fizeram uma vaquinha para a festa de hoje à noite.

— Você tem de ir também, ora, tem de aprender a ser um bom jogador. Pelo menos você vai se distrair.

— Mas não vou mesmo! Não quero ir porque eles me irritam com aquela mania de sempre criticar todos os times, exceto os franceses. E nesta noite, em especial, estão demonstrando total má-fé. Bem, vou desligar. Tchau.

— Espera, espera, não desligue; ou melhor, desligue e ligo de volta, tenho uma coisa para lhe falar.

Entendia o desapontamento de Madické, mas achei que a tristeza, a voz embargada e a raiva dos amigos um pouco excessivas. No outro extremo da terra, ele carregava nos ombros todo o peso da derrota italiana e sofria mais que os napolitanos. Na falta das palavras certas, revelar-lhe o projeto que eu acalentava para ele, bem como o montante que havia economizado para esse fim, me pareceu ideal como um prêmio de consolação.

— Para mim? Mas é muito dinheiro! — exclamou, explodindo em gargalhadas. - Você sabe o quanto isso vale no nosso dinheiro? Você está brincando?

— Não, não, foi para você que guardei, para fazer o que acabei de dizer, a menos que você tenha uma ideia melhor.

— Mas é mais do que suficiente para comprar uma passagem...

— Não quero ouvir falar de passagem de avião! É para abrir uma loja ou outro negócio parecido aí; caso contrário, guardo meu dinheiro e você é quem vai ficar na pior. Agora vou desligar. Pensa e me liga quando tiver se decidido...

— Se você acha que é melhor viver no nosso país, por que você não volta? Vem e prova por si mesma que suas ideias podem dar certo. Esta terra de onde você não quer que eu saia, isso mesmo, esta terra, ainda significa alguma coisa para você? A resposta é não. *Mademoiselle* não se sente mais em casa aqui. Se você quer que eu continue aqui, por que você foi embora?

— Pense nisso e me dê a resposta. Vou segurar o dinheiro por mais algumas semanas; depois, se você não quiser, faço outra coisa com ele. Quanto às verdadeiras razões para eu ter ido embora, são muitas e não dá para contar por telefone. Mas você pode perguntar à vovó, ela vai te explicar. Tchau.

É tarde da noite. Estrasburgo abaixou as pálpebras, para dormir ou evitar, por pudor, observar a intimidade dos amantes e a melancolia noturna. É sempre nessas horas que minha memória escolhe para passar filmes rodados em outros lugares, sob outros céus, histórias que se escondem em mim como velhos mosaicos nos subterrâneos de uma cidade. Minha *caneta*, como a picareta de um arqueólogo, desenterra os mortos e revela ruínas traçando no meu coração os contornos da terra que me viu nascer e partir. Dos fatos que outrora dificilmente atrairiam minha atenção, agora componho meu alimento do exílio e, sobretudo, os fios da tecelã supostamente para atar os laços rompidos pela viagem. A saudade é minha ferida aberta e não há como evitar molhar nela o bico da minha pena. A ausência me faz sentir culpada, a depressão me consome, a solidão lambe minhas bochechas com sua longa língua congelada que me dá suas palavras de presente. Palavras limitadas demais para transmitir os males do exílio; palavras frágeis demais para quebrar o sarcófago que a ausência molda em volta de mim; palavras estreitas demais para servir de ponte entre aqui e outros lugares. Palavras, portanto, sempre empregadas no lugar de palavras ausentes, definitivamente afogadas na fonte de lágrimas às quais elas emprestam seu gosto. Por fim, palavras-bagagem com conteúdo proibido, cujo significado, apesar dos desvios, leva a um duplo eu: o *eu* daqui, o *eu* de lá. Mas quem pode multiplicar-se como o pão de Cristo sem cair dos braços da própria família? E, principalmente, existe alguém para pegar o filhote que caiu do ninho?

Minha avó com certeza explicaria a Madické por que prefiro a angústia de errar à proteção dos penates. Vivia sozinha, com meu avô, decifrando meus silêncios de criança, acompanhando meu olhar vago, prolongando as vigílias noturnas com perguntas sobre meu estado de alma. Ela, melhor que ninguém, sabe como o exílio se tornou minha sina. Generosa, não teve medo de sofrer para me entregar, como um presente, sua confiança e preparar minha primeira mala carregada do lastro dos meus treze anos. Desde pequena, mas ainda incapaz de prever qualquer coisa e sem conhecer dos atrativos da emigração, já havia entendido que *partir* seria o corolário da minha existência. De tanto ter ouvido que meu aniversário trazia à lembrança um dia funesto e que minha presença era uma vergonha sem tamanho para a família, sempre sonhei em me tornar invisível. Ainda posso ver aquela sombra, caindo como uma rede de apanhar falcões, sobre os rostos crispados de contrariedade, assim que um visitante, atordoado com a grande parentela, perguntou sobre meus pais. No meu corpo, marcas indeléveis, o preço da afronta imprimida na carne amaldiçoada. Pois, na sociedade tradicional, se as crianças nascidas dentro dos padrões são educadas por toda a comunidade e protegidas pelo respeito devido a seus pais, as que não são batizadas têm o único direito de ser espancadas por qualquer um que ache um pretexto de fazê-lo, e não há necessidade de um álibi já que o delito cometido por ter nascido e jamais anistiado legitima todas as punições.

Até minha adorável avó, para provar seu amor por mim, sempre me dizia baixinho: "Para poder criar uma criança ilegítima neste vilarejo, tive de suportar a desonra; prove-me que eu fiz o que era certo, seja educada, corajosa, inteligente, irrepreensível." E, para que eu fosse tudo isso, sua austeridade se colocou à altura de seu imenso sacrifício. Ela não me batia, ela espancava. No vilarejo, seus corretivos, que no auge da raiva sempre terminava me mordendo, são tão lendários quanto sua firmeza ao me proteger contra tudo e contra todos.

Cresci com um sentimento de culpa, a consciência de ter que expiar um pecado que é a minha própria vida. Ao baixar os olhos, era todo o meu ser que eu estava tentando esconder. Durante muito tempo, meu sorriso queria dizer: "Me desculpe." Da submissão, esperei em vão ter o amor dos outros, então eu exigi respeito. Adolescente rebelde, decidi fazer somente o que minha cabeça mandava, sempre com o apoio da minha avó, uma feminista ao seu jeito. Desejosa de poder respirar sem incomodar ninguém, de modo que as batidas do meu coração não fossem mais consideradas um sacrilégio, peguei meu barco e fiz das minhas malas meus porta-fantasmas. O exílio é meu suicídio geográfico. Esse outro lugar me atrai porque, sendo virgem na minha própria história, ele não me julga com base nos erros do destino, mas segundo o que escolhi ser; ele é para mim uma garantia de liberdade, de autodeterminação. Partir é ter coragem suficiente para dar a luz a si mesmo, nascer de si mesmo é o nascimento mais legítimo que pode haver. Azar das separações dolorosas e dos quilômetros de tristeza, a escrita me proporciona um sorriso materno de cumplicidade, porque, livre, eu escrevo para dizer e fazer tudo o que minha mãe não se atreveu a dizer e fazer. Documentos? Todos os recônditos da Terra. Data e local de nascimento? Aqui e agora. Documentos! Minha memória é minha identidade.

Estrangeira em todos os lugares, carrego em mim um teatro invisível, fervilhando de fantasmas. Apenas a memória me brinda com sua cena. No coração das minhas noites de exílio, imploro a Morfeu, mas a anamnese me ilumina e me vejo cercada pela minha família. Partir é levar em si mesmo não apenas todos aqueles a quem amamos, mas também aqueles que odiamos. Partir é se tornar um túmulo ambulante cheio de sombras, onde os vivos e os mortos compartilham a ausência. Partir é morrer de ausência. Nós voltamos, com certeza, mas voltamos outro. Quando voltamos, procuramos, mas jamais encontramos aqueles que deixamos. Com os olhos rasos d'água, nos resignamos ao constatar que a máscara que havíamos talhado para eles já não lhes cabe mais. Quem são essas pessoas que eu chamo de meu irmão, minha irmã, etc.? Quem sou eu para eles? A intrusa que carrega dentro dela é a mulher que estavam esperando e tanto ansiavam por encontrar novamente? A estrangeira que acabou de desembarcar? A irmã que está de partida? Estas questões fazem par com o vai e vem da minha valsa entre os dois continentes. As de Madické só fizeram aumentar as minhas. Alguns meses depois de nossa conversa e cansada de esperar pela resposta à minha proposta, sem consultá-lo, mandei-lhe o pé-de-meia. Desde então, esperei ansiosa por notícias detalhadas que ele não parecia ter a menor pressa em me dar.

13

Em Niodior, as estações não encontravam nenhuma razão para não continuar a ronda. Algumas trouxeram uma grande quantidade de milhete e peixe, outras não trouxeram o suficiente, mas todas prometeram dias melhores para os seres humanos, sonhadores inveterados ou fatalistas, perdoando a vida por suas traições, como um homem perdidamente apaixonado compraz-se em ignorar as escapadas da amada. Por lá, tudo se mantinha na mesma. Os ilhéus continuavam agarrados às gengivas do Atlântico, que arrotava, esticando a língua gananciosa e secando as flores com o hálito quente. Chegando pontualmente ao local de encontro, diante dos coqueiros que montavam guarda, o sol pedia, veementemente, que apenas testemunhassem sua lassidão. Mas naquele dia de junho de 2002, ninguém podia dar-lhe atenção.

Como de costume, as mulheres se levantaram com o cantar do galo para agitar o fundo dos poços, encher os jarros esvaziados pelos banhos do dia anterior e os da madrugada, cortar madeira, inadvertidamente deixar cair utensílios nas cozinhas ainda obscurecidas pelo resto de noite, antes de bajular o fogo para cozinhar o mingau de milho do café da manhã que logo invadiria as salas com seu aroma. As dunas do leste tomaram um tom alaranjado. Avarento, o céu ia tranquilamente acumulando o seu ouro. A árvore das palavras, por enquanto, abrigava apenas o chilrear dos pássaros, e só a fumaça que saía das cozinhas deixava rastros pelas ruelas do vilarejo. Poucas pirogas haviam largado do cais da ilha. No entanto, não era sexta-feira, mas domingo, o dia de um Senhor que não conta nenhuma ovelha desgarrada nesses pastos salgados.

Em uma sala de estar, uma televisão reluzente entronada sobre uma linda mesa de madeira de teca. As esteiras em frente a ela não dispunham mais de espaço. Um homem jovem ia e vinha, com um controle remoto na mão. Uma jovem entrou, carregando um grande prato cheio de mingau de milho, que ela cuidadosamente colocou em outra mesa. Desapareceu atrás da porta, depois voltou com uma pilha de tigelas e um pequeno balde de plástico quase transbordando de leite coalhado açucarado e aroma de baunilha. O jovem do controle remoto trouxe colheres e as distribuiu aos convidados, que se serviram imediatamente. Comiam sem desgrudar os olhos da tela. Sentados em dois cantos opostos da sala, Ndétare, em uma cadeira, e o velho pescador, de pernas cruzadas numa esteira, tentavam conter o ódio mútuo; mas as flechas que atiravam dos olhos os traíam. Somente uma circunstância excepcional poderia obrigá-los a estar sob o mesmo teto. Para disfarçar o próprio constrangimento, o velho pescador, num tom de voz que não era seu, começou a contar aos garotos como uns cardumes de golfinhos, todos muito graciosos, o acompanharam até às praias da ilha no dia anterior. Desconcertado com a relativa indiferença da garotada, tentou dramatizar a história: no começo foi divertido, depois ficou preocupado, pois nunca tinha visto um mar tão agitado! Os golfinhos cortavam pela frente da piroga e mergulhavam de repente ameaçando emborcá-la. Totalmente cético, o público terminou o café da manhã sem dizer uma palavra sequer: os golfinhos não são considerados belicosos, pelo contrário. O velho não conseguiria fazê-los acreditar que Nessie o esperava nos portões de Niodior. O último a chegar deixou as babuchas na entrada da sala, ajeitou o grande *boubou* bordado a ouro e sentou-se ao lado do velho pescador, depois de cumprimentar longamente todos os presentes, exceto Ndétare. O velho lobo do mar sentiu-se um pouco mais à vontade; o recém-chegado, o homem de Barbès, compartilhava sua inimizade em relação ao professor. Trocaram algumas amenidades sobre o início da estação das chuvas, quando o jovem do controle remoto chamou a atenção de todos para o motivo da reunião:

—Vou aumentar o som, vai começar, já anunciam o hino nacional dos dois países.

Os olhos convergiram para a televisão, o estádio de Oita se revelava tão impressionante quanto a arena de gladiadores, apesar de o gramado verde tentar trazer alguma suavidade ao solo vulcânico japonês. Os espectadores ouviam os repórteres repetir que aquele lugar do Planeta era a terra do Sol Nascente, mas eles não davam a mínima; o sol também nasce por trás das dunas de Niodior. O que importava mesmo para eles era ver os pés de seus jogadores favoritos acender a chama da vitória. Explosões de prognósticos, menos acalorados que o habitual, ressoavam como orações em comunhão. Pela primeira vez, a cisão no campo de futebol não se estendeu até o grupo de jovens ilhéus. Surpreendentemente, a coesão desses torcedores que, para ter certeza de que não iam perder o início do jogo, passaram a noite em claro e agora se uniam contra a angústia que os dominava.

Daquelas primeiras bolas de farrapos, aos dribles desajeitados dados nos terrenos baldios, os gols inflados pelo orgulho de adolescentes apaixonados, até o último passe de jovens adultos e exibicionistas, e até mesmo, nem em seus sonhos mais ousados, jamais haviam imaginado a possibilidade de uma partida como aquela que os reunia naquela manhã: 16 de junho, Senegal enfrenta a Suécia nas oitavas-de-final da Copa do Mundo Coréia-Japão de 2002! Nem mesmo o maior bruxo da ilha havia intuído isso na revelação dos espíritos que ele frequentemente invocava para os jogos de seus jovens devotos. Ele havia previsto a vitória do Senegal sobre Camarões, no Mali, na Copa Africana das Nações de 2002. Mas, na savana, os leões camaroneses eram indomáveis, e os Leões da Téranga, educados, continuavam à míngua. O feiticeiro culpou seus jovens clientes por negligenciarem a obrigação de fazer um ritual; pior, não enterraram o grisgris no local indicado.

Contritos, os jovens curaram a ferida, que depois cicatrizou, quando do anúncio da classificação do Senegal para a Copa do Mundo de 2002. Cantaram e dançaram. Ah, não! Embora radiantes de alegria, não chegaram a ter esperanças de beber vinho de palma nessa Copa. Pela primeira vez, Ndétare não precisava de passar-lhes um sermão, abundavam estoicamente no sentido de Coubertin: a participação de seus compatriotas era mais importante do que eventuais resultados. Enquanto os arrogantes da zidanemania consideravam o Senegal a barbada da Copa do Mundo, os jovens jogadores de futebol de Niodior segredavam seu orgulho por baixo do travesseiro de suas avós e deixavam o Atlântico troar sua raiva. Esquecidos em algum lugar no oceano, se aperceberam apenas de um débil eco da efervescência que precedeu a partida do Lions da Téranga para a Ásia. Então, até aquele momento em que mal podiam respirar de nervosismo, a televisão se transformou em algo mágico, se tornou a fonte de felicidade deles. A seleção nacional havia conseguido uma vitória atrás da outra, fazendo com que se sentissem em estado de graça permanente. Não se cansavam de saborear os próprios comentários durante esses jogos, como o doce favorito que traziam para acompanhar a hora do chá.

Mas, por ora, Oita soava como uma interjeição; um novo jogo estava sendo jogado e ninguém sabia que gosto teria seu resultado. Enquanto os jovens espectadores eram consumidos pela tensão, o velho pescador desfiava seu rosário. Encurvado na cadeira, Ndétare saltou várias vezes antes de apoiar o queixo na palma da mão. De repente, pulou, esticou o corpo de gigante e se encolheu como se tivesse sido atingido no estômago. Ele, o razoável, o plácido, o racional, deu um grito terrível de desolação; um rugido de leão ferido encheu a casa. Os suecos tinham acabado de colocar a bola no fundo da rede senegalesa, apesar do esforço de Tony Sylva. O velho pescador soltou uma série de palavrões, segurando o rosário firmemente na mão; fazia muito tempo que seu filho já não era mais convocado para a seleção, mas ele continuava apaixonado pelo futebol. A calma foi restabelecida, a resignação obervava com atenção; por um instante, pensou-se que o sonho tinha acabado ali. Mas nenhum exército tradicional jamais venceu uma batalha sem alguma forma de inconsciência; uma mistura de orgulho e otimismo cego mantém a fé dos soldados intacta. Quando a derrota parece iminente, gritar "nós vamos vencer!" é a última conjuração que resta e, naquela sala de estar, esse foi o papel do inabalável Garouwalé.

— Não! Não se deixe abater, o jogo ainda não acabou. Jogamos muito bem até aqui e ainda dá para jogar. Tenho certeza de que eles não vão ganhar de nós. Nós vamos vencer! Sou eu quem está dizendo.

A plateia ganhou um pouco mais de tônus. Garouwalé não tinha muitos argumentos para fundamentar sua convicção, mas, como seus camaradas, os recentes resultados contra a Dinamarca e o Uruguai lhe enchiam de esperança. Especialmente depois da fantástica sexta-feira, 31 de maio de 2002, data que ficará gravada eternamente na história, ele não tinha mais medo de nada. Humildes, sem publicidade nem propaganda, os Leões Téranga destronaram os reis do mundo. Frustrando todos os prognósticos, mandaram os Blues de volta, mais rápido do que imaginavam, para sentir o gosto amargo da derrota em casa. Naquele dia, na Ásia, longe das máscaras e feiticeiros africanos, Golias sentiu falta do Deus de Davi. Desde então, os jovens da ilha puderam colocar novos cartazes nas paredes de seus quartos.

Na sala de estar, a confiança voltou, o velho pescador deslizava as contas do rosário, mas a tensão continuava palpável. De repente, houve uma explosão de aplausos misturados a gritos: Henri Camara tinha acabado de marcar o gol que permitiu ao Senegal empatar o jogo. Aliviado, o jovem do controle remoto levantou o pano dobrado do lado dele: a bandeira nacional; ele a abraçou, a acariciou um pouco, depois colocou-a de volta no lugar, e ordenou à jovem garota que estava próxima dele que servisse algo para beber.

— Não falei! — gritou Garouwalé — O leão não se alimenta de grama, é carne o que ele come. Depois do galo francês, da Dinamarca e do Uruguai, é a vez dos suecos e ainda não estamos satisfeitos! Vamos arrancar o couro deles, é só uma questão de minutos, eu tô falando pra vocês!

Mas como o rosário do velho homem, os minutos foram passando e os Leões perseguiram o gol em vão. A angústia tomou conta dos rostos novamente. Dentes trincados, os olhos apertados, os garotos receberam o apito anunciando o fim do tempo regulamentar como uma ducha fria. A prorrogação era inevitável e o intervalo parecia uma eternidade. A publicidade, Miko e Coca-Cola, jogou a rede inutilmente: as cabeças navegavam por outras águas. Do lado de fora, o sol apagou gradualmente a sombra das dunas, hordas de crianças aproveitaram o dia de liberdade para singrar pelo vilarejo ou roubar alguns cocos. As mulheres varriam as ruas de seus bairros, enquanto as que estavam de plantão na cozinha vasculhavam os sótãos, aguardavam os raros pescadores ou aproveitavam a maré baixa para raspar o fundo do braço de mar, em busca de algo para preparar de almoço. Para matar o tempo, o velho pescador tornou a contar a história dos golfinhos ao homem de Barbès. No meio da história, o estádio Oita reapareceu; ele parou e começou a puxar nervosamente o rosário. Os jovens não voltaram para os lugares de antes; se espremeram na frente da tela. Sabiam pouco sobre os *Sénefs*, e as recentes vitórias provavam que a escolha de Bruno Metsu, o técnico, era indiscutível. O silêncio substituiu os prognósticos, e até mesmo Garouwalé não conseguiu encontrar as palavras para tranquilizar o grupo. Então um vento de pânico soprou, se agarraram uns aos outros, abalados por um tremor. *Allah Akbar!*, falou o velho pescador apertando o rosário com as duas mãos no rosto. De fato, Deus era grande o suficiente para enviar uma garrafa de oxigênio de Oita para aquela sala em Niodior. Quando o velho reabriu os olhos, os jovens já respiravam melhor. Tony Sylva não havia interceptado a bola, mas nossos ancestrais animistas com certeza estavam em Oita para dar aos objetos a oportunidade de auxiliá-lo: o poste parou o chute dado pelo sueco Svensson. *Alhamdoulilah!* A ameaça foi descartada, mas a prorrogação faz jus ao nome, ela se arrastava, o tempo parecia ter congelado. Uma pérola do rosário talvez tenha caído no ouvido de Deus porque, num piscar de olhos, a alegria iluminou todos os rostos.

— O gol de ouro! — Garouwalé gritou no meio do alvoroço, imitando os repórteres. — Henri Camara! Marcou de novo! E é o gol de ouro! Senegal vence a Suécia, e ganha o bilhete para Osaka! Os Leões da Téranga vão para as quartas-de-final da Copa do Mundo! É inédito!

Confusão geral na sala, misturada com beijos, cada um atirando-se nos braços de quem estava perto, Ndétare e o velho pescador se viram um nos braços do outro. Quando perceberam, trocaram um sorriso envergonhado. O homem de Barbès, surpreso com a cena, fingiu não ter visto nada e continuou comemorando com os garotos. Então, o estádio do Oita desapareceu da tela, suplantado pelas propagandas. O rapaz do controle remoto, sem sequer desligar o aparelho, desenrolou a bandeira e correu para a artéria principal do vilarejo. Com os amigos, que o seguiam correndo, cantou a vitória, lembrou a lenda do leão, rei da floresta:

— Viva os Leões! *Gaïndé N'diaye! M'baratithy!*

Dois deles se desviaram e entraram num beco, e voltaram a acompanhar o grupo trazendo *djembés*. Improvisaram uma dança no meio da *Dingardé*, a praça do vilarejo, cantando uma música muito famosa de Yandé Codou Sène. Essa canção, composta em homenagem ao leão, o símbolo nacional, diz que *o leão não gosta do mboum* (uma espécie de espinafre), *que ele come carne*, parecia que tinha sido criada para aquele acontecimento. E os jovens cantavam, sem parar, parodiando os versos. De acordo com eles, os jogadores da seleção não só eram leões, mas, além de carne, diziam, eles se alimentaram de gols, bolas, dribles e do chute vitorioso.

Khamguèné Gaïndé,
Gaïndé bougoule mboum, yâpe laye doundé
Gaïndé, Gaïndé,
Gaïndé bougoule mboum, yâpe laye doundé
Henri Camara gaïndé la,
Henri bougoule mboum, buts laye doundé
El-Hadji Diouf gaïndé la,
El-Hadji bougoule mboume, dribbles laye doundé
Tony Sylva gaïndé la,
Tony bougoule mboume, balles laye doundé
Bruno Metsu gaïndé la,
Bruno bougoule mboume, entraînements laye doundé
Les Lions de la Téranga
Kène bougouci mboum, victoires lagnouye doundé...

14

Em Estrasburgo, a catedral contemplava as nuvens fugirem lentamente, enquanto esperava receber os anjos poetas. O Reno serpenteava, batendo nas eclusas, fugindo dos barqueiros que lhe exigiam as horas perdidas. Era verão; a vida nada mais era do que um sorvete de baunilha e chocolate, uma ilha flutuante com decote de tafetá, uma linha de soltar pipas que inspirava os pequeninos e, quando a noite chegava, atrás das paredes, passava entre os dedos dos adultos ou puxava-os inexoravelmente para o outono. Enquanto as cegonhas trocavam suas penas por cacos de sonho, eu acompanhava a Copa do Mundo, assistindo aos jogos na TV, folheando os jornais.

Nenhum telefonema de Madické, nem para receber notícias, nem para me pedir um relato dos jogos. Fiquei imaginando a comemoração no meu país. Assistindo a um documentário, vi a mãe de El-Hadji Diouf, o atacante senegalês, dançando de alegria em sua mansão, depois de uma vitória. "É a dança que todas as crianças do país, que comem sardinha enquanto esperam que Deus se lembre delas, gostariam de poder convidar a mãe para dançar", pensei. "E para dar um único passo dessa dança, são capazes de atravessar o Sahel a pé, a deixar a carcaça no porão de um avião ou em cima de uma jangada lançada nas águas assassinas do Estreito de Gibraltar. Morrem sozinhos ao longo do caminho, mas muitas vezes encaram essa aventura pensando no bem de outras pessoas."

Moussa, que não suportou a vergonha de ser repatriado, não

está mais lá para ver o pai finalmente entender que, hoje em dia, o futebol é a melhor opção de meio de subsistência; na verdade, é a saída de emergência ideal para as crianças do Terceiro Mundo. Melhor que o globo terrestre, a bola permite que nossos países subdesenvolvidos atraiam por um momento o olhar fugidio do Ocidente, que em geral prefere focar nas guerras, na fome e nos estragos causados pela AIDS na África, contra a qual não estaria disposto a pagar o equivalente a um orçamento de campeonato. Portanto, inevitavelmente, com as vitórias alcançadas pelo Senegal na Copa do Mundo, os negros que vivem na França cantaram e dançaram; pela primeira vez, eram convidados a jogar nas grandes ligas onde, como prêmio, as pessoas falaram muito bem deles. Mesmo os que têm medo de voltar para o país de origem com a bagagem cheia de derrotas, humilhação e desapontamento, saíram dos apartamentos-estábulos em que moravam para dizerem em alto e bom som do orgulho reconquistado no Hexágono. Chegaram ao ponto de se esquecer de mencionar que nunca falam de reconhecimento ou simplesmente de cidadania, mas falam de tolerância e integração nos moldes de uma sociedade-peneira onde eles são apenas grumos. Mas, enquanto os senegaleses de Paris se regozijavam, desfilando pela Champs-Elysées, foram admoestados pela condição de imigrante e sua consequência: o desprezo. O Arco do Triunfo não é para negros! Anda, circulando! Mas, em 1998, em Dakar, os franceses expatriados bloquearam todas as principais avenidas, e depois ainda se apropriaram dos melhores restaurantes. Bebendo em comemoração à conquista da taça até o sol raiar, o sono dos moradores das cidades foi embalado pelos muitos concertos de buzina, sem que ninguém se queixasse dos excessos cometidos por conta da bebida. Isentos de vistos, entram em nosso país de acordo com a *téranga*, a hospitalidade local e as leis que a França impõe aos nossos líderes, mas não dá nada em troca. Eles têm dinheiro suficiente para comprar metade do país e se darem, como bônus, safras importadas para regar a vitória até se fartarem, ao contrário dos imigrantes que se embebedam com suco de *bissap* para esquecer o mísero salário que recebem, se é que recebem algum. Andem, circulando! Bando de imbecis! Vão dançar a *bamboula* debaixo das bananeiras. Estão pensando que aqui é o mercado de Sandaga, é? Já falei para irem embora, antes que eu mande vocês lá para a Gueule-Tapée.

E saíram, proibidos de comemorar no entorno do Arco do Triunfo: os Bleus de cassetete ganham todas as vezes, especialmente quando a foto gigante de Zidane, transformada em tapeçaria urbana, não está mais lá para hipnotizá-los. Os gritos de alegria em *wolof* os acorda, ficam cheios de urticária. E, de repente, por conveniência, lembram-se de que, na Champs-Elysées, como em qualquer outro lugar do território, mesmo nos dias de festa popular, têm por missão garantir a livre circulação de veículos automotores. Embora a prefeitura tivesse se desdobrado em malabarismos de comunicação, com o argumento de que era para proteger pedestres, era preciso ter reconhecido que não se pede autorização para expressar a alegria. Os homens que trabalhavam nas ruas não ficaram satisfeitos de ter de lidar com a comemoração da torcida *wolof* exultante com a vitória. Bem, temos de reconhecer que eles têm que fazer o trabalho deles, e é para isso que lhes damos os cassetetes. Shuuuu! Madické não sabe de nada disso. Mesmo que se diga que a África é povoada por tiranos, ele jamais os viu. Só conhece de perto os dois policiais da ilha que jogam futebol com ele. Agora, se você contar a ele que eu tenho medo de policiais, por causa do controle violento do documento de identidade e daquele olhar acusador que eles têm, eu te condeno a quatro horas de um cara a cara com uma patrulha. Eu já estou acostumada e não me importo; mas você talvez não esteja.

Não foi só a polícia que achou a alegria dos imigrantes senegaleses indigesta. Alguns jornalistas preferiram negar a legitimidade. Praticaram um verdadeiro assalto em cima das vitórias senegalesas; ouviram o galo cantando no rugido do leão. É verdade que a maioria dos Leões da Téranga joga na França — e o Senegal tem de ser grato àqueles que lhes deram essa oportunidade de aperfeiçoar seus talentos —, mas isso é motivo para tratar de Sénégaulois, ou os Bleus de segunda classe, e despojar seu país dos louros adquiridos embaixo da própria bandeira? Onde já se viu o professor tomar para si o diploma do aluno dele? Além disso, se Sócrates fez surgir muitas mentes, é porque elas não estavam vazias. El-Hadji Diouf não surgiu da coxa de Zidane. As camisas de futebol, sim; coleiras de cachorro, não! Apesar dos esforços de Schoelcher, o velho mestre ainda compra seus potros, contenta-se em alimentá-los com feno e orgulha-se de seu galope. Como a África é considerada inapta a ponto de não merecer seu próprio suor, sua independência é um engodo e, assim, somos convidados a ficar de olho nas garras do predador. Além disso, declaro 2002 ano internacional da luta contra a colonização esportiva e o tráfico de jogadores de futebol!

Sem notícias de Madické, a Copa do Mundo continuou e, com ela, o mercado de compra de olho nos jogadores do Senegal. Enquanto os senegaleses se contentavam com a boca cheia de *thieboudjène* e comemoravam suas vitórias sucessivas com um modesto suco de *bissap*, o galo ainda arrastava sua pata ferida, e os papagaios que queriam consolá-lo continuam a cantar desafinado.

Em 18 de junho, os olhos voltaram-se para a Ásia e as manchetes das gazetas estampavam: Coreia do Sul-Itália. Muita gente dava como certa a derrota dos coreanos antes do início da partida. O prognóstico não me interessava muito, mas um pensamento me deixou alegre: eu tinha quase certeza de que, quando Maldini tivesse acabado de ensopar a camisa de suor, meu irmão me ligaria; para compartilhar sua alegria ou a voz trêmula de tristeza, pouco me importava, só queria ouvi-lo. Então, assisti ao jogo, só para pegar uns comentários e histórias e não gaguejar quando mencionasse alguma coisa. Não queria admitir, mas, no fundo, estava rezando para a Itália ganhar, Madické ficaria feliz. No entanto, espremidos entre milhares de pessoas na arquibancada vermelha, os torcedores coreanos demonstravam ter energia suficiente para empurrar seus jogadores e ganhar a partida. Depois de uma longa batalha, chegava a hora da verdade para Squadra Azzurra. De pé e orgulhosos, quando ninguém esperava, os coreanos sujeitaram os italianos ao mesmo destino que os senegaleses reservavam aos suecos. Apesar do número da trindade inscrito na camisa, Paolo Maldini, o herói do meu irmão, não conseguiu impedir o gol de ouro do coreano Ahn Jung Hwan, decidido a se redimir depois de perder um pênalti. O gigante de Madické não tinha pés de barro, mas lhe faltaram alguns centímetros para cabecear a bola irreverente que o sobrevoou. Lógico que não seria dessa forma que eu pretendia contar o lance ao meu irmão. Ao telefone, eu diria a ele: "Ah! Maldini realmente fez tudo certo, mas faltou um pouco de sorte."

Os dias se passaram sem um sinal de Madické. Juntei várias revistas de futebol para enviar para ele, sobre os Leões da Téranga, é claro, mas também, como antes, qualquer artigo que tivesse a foto de Maldini ou falasse de Squadra Azzurra. Será que meu irmão insistiria em idolatrar aquele time se soubesse o quanto alguns dirigentes do futebol italiano são deselegantes e atropelam o espírito esportivo? Luciano Gaucci, presidente do Perugia, não esperou o fim da Copa do Mundo para anunciar a expulsão do coreano Ahn Jung Hwan, autor do gol de ouro que eliminou a Itália. Será que, em troca de alguns maços de euros, os jogadores africanos e asiáticos, trabalhadores sazonais da bola, deveriam desistir de defender as cores do seu país de origem? Se o Ocidente sequer aceita ser igualado ao Terceiro Mundo nem no futebol, como podemos esperar que o futebol vá ajudar a nos colocar no mesmo patamar de desenvolvimento? Enquanto os pequenos países comemoravam o inesperado e tremendo salto para as grandes ligas e a descoberta de seus tesouros, um jornal italiano de grande tiragem estampou na primeira página: "Um Mundial sujo!" Um mundial limpo seria uma Copa do Mundo disputada, arbitrada e vencida pelos nossos invencíveis mestres europeus? Que bola fora!

E nada de ele me ligar. Mas me tranquilizava como podia: na sua ilha, meu irmão não tinha mestre, ele cuidava da própria vida livremente, e ignorava meus questionamentos. Talvez me ligasse no final do campeonato. Poderíamos então, com todas as informações à mão, analisar os próximos jogos de senegaleses e italianos. Tive de me manter totalmente a par dos acontecimentos.

Tenaz, a Turquia cortou as garras do leão, o Senegal perdeu nas quartas-de-final e não estava mais na disputa. O sonho acabava ali. A Copa do Mundo continuava, meu entusiasmo foi minguando gradualmente e minha paciência estava chegando ao fim. Sequestrada pela mídia durante aquele período em que o esporte, sem deixar transparecer, instaurava seu totalitarismo consensual em escala planetária, vivia cada momento diante do computador como um ato de resistência.

Ainda sem receber um telefonema sequer de Madické. Os exilados estão sempre sentindo falta de alguém, é claro. Mas há momentos em que essa falta se torna dolorosa e transforma esse Outro Lugar em prisão a céu aberto. A saudade é uma dor que o acolhimento não pode curar. Um ser não substitui o outro, o afeto dos amigos reconforta, mas ele nunca saberá como preencher os buracos que a ausência escava no coração. Até mesmo uma briga ao telefonema com meu irmão teria me feito bem. Então por que eu não ligava para ele? Não, mesmo que a espera fosse difícil, queria saber se sentia falta dele. No meu país, as pessoas não têm o hábito de escrever, de telefonar para os parentes que estão no exterior, exceto quando precisam de algo ou para comunicar um falecimento. Assim, forçosamente, como só fazemos contato quando se tem um motivo, a pessoa que vive no exterior já não sabe mais identificar os sinais do sentimento, do afeto de sua família. Será que pensam em nós de maneira desinteressada, apenas por amor? Eu estava esperando uma resposta para essa pergunta.

Foi preciso esperar um pouco mais de tempo. Refletir constantemente, ocupar a cabeça, manter a mente desperta, manter o desejo em ação, recusar qualquer oportunidade de se abater e desprezar meu estado de espírito, eis os elementos indispensáveis para abafar a melancolia. O Muro das Lamentações não fica em Estrasburgo, existe o Reno, que está sempre fluindo e sempre vai fluir, sem dar uma gota sequer ao gosto do Atlântico. Doces e belas poderiam ter sido minhas noites no Reno se meu cérebro não fosse embalado permanentemente pelas ondas. Mas, então, o que ele murmurava, o Oceano onde as sombras das minhas noites eram refletidas?

Por lá também se escutava que vinte e um dos vinte e três jogadores convocados para a seleção estão jogando na França. Depois de todos os motivos frequentemente invocados pelos garotos da ilha para justificar o desejo de emigrar, essa constatação não seria então o último pilar destinado a consolidar a fundamentação da escolha deles? Agora que foi provado ao mundo que nossos atletas, que se orgulham de seu país de origem, vivem na França, com que argumento poderíamos impedir nossos jovens de pensarem que eles também tinham que conquistar o sucesso neste país? Hoje, mais do que nunca, a obrigação de falar francamente recai sobre os imigrantes, inclusive os que estão nimbados com o halo do sucesso. Não é uma questão de repugnar nossa gente do Ocidente, mas de revelar-lhes o que está por trás das aparências. E comecei a sonhar com a possibilidade de fazer conferências, durante as quais cada um dos nossos Sénefs contaria abertamente a parte amarga da vida na França. Gostaria que descrevessem para seus irmãos as cinzas frias da chaminé da qual brotaria a chama vitoriosa que rasga a escuridão do exílio. Gostaria que contassem como em Guingamp, Lens, Lorient, Mônaco, Montpellier, Sedan ou Sochaux — onde jogam — as mesmas pessoas que os aplaudem quando marcam um gol gritam chamando-os de macaco, jogam bananas neles e os tratam por crioulos sujos quando perdem uma jogada ou cometem uma falta ou erram um chute na frente do gol adversário.

Que nossos admiráveis jogadores dissessem aos torcedores do seu país, que sonham em se juntar a eles em clubes europeus, como alguns deles passam a maior parte do tempo esquentando o banco de reservas, quando não são usados como tapa-buracos, obrigados a jogar em outra posição para permitir que os titulares joguem. "Você só monta no burro quando não tem cavalo", dizem os camponeses.

Passem o microfone! Que nossos heróis expliquem a seus irmãos o peso da burocracia para ter a documentação: a França, que se gaba de suas proezas, frequentemente lhes concede apenas uma permissão de residência temporária. Assim como somos forçados a renovar regularmente nossa assinatura de antivírus da Symantec para o computador, alguns jogadores são obrigados a renovar o visto de antiexpulsão do país. Todos os anos, eles têm de deixar parte do que ganham com os gols no cofre da embaixada, para terem o direito de respirar na terra dos Direitos Humanos. O preço do visto pago pelos senegaleses para irem para a França equivale a um mês de salário local, enquanto qualquer francês pode entrar no Senegal sem nenhuma formalidade. Aquele que não me ama ou não confia em mim o suficiente para me deixar entrar na casa dele, quando eu quiser, vai ter de bater na porta quando ele quiser entrar na minha casa. Será que nossos jogadores terão coragem de falar tão francamente assim?

Continuo sem notícias de Madické. No entanto, ele sabia que, sem um motivo realmente importante, eu nunca tomaria a iniciativa de ligar para ele, o que me obrigaria a fazer duas ligações: a primeira para Ndogou, a funcionária do Telecentro, pedindo que fosse chamá-lo, e a segunda na esperança de que estivesse no outro lado da linha. Ele estava com raiva de mim? Será que estava pensando que se eu o tivesse ajudado a vir jogar na França, ele agora poderia ser um daqueles jogadores venerados no nosso país?

A Copa do Mundo acabou, a ordem do mundo não mudou. A vantagem da União Europeia não está na possibilidade que o euro dá de fazer compras permanentemente nem na expansão do território para caçar estrangeiros, mas na possibilidade de lutar em várias frentes: depois de uma derrota nacional sempre se pode rezar para que outro país da União vença. Na final da Copa do Mundo, a Alemanha ficou coberta de bandeiras. Mas os homens, com os nomes quase todos terminando em um *o* tão redondo quando a bola, estavam ansiosos para se vingar da decepção de 1998. O Brasil venceu a Copa e esquecemos todas as surpresas do Mundial. Uma grande nação do futebol havia vencido, conforme as previsões; o curso da história, que quase deu uma guinada, recuperou a trajetória. Não havia mais nenhum motivo para se distrair, era hora de voltar a encarar a realidade comum, entreter-se dando à vida nosso sorriso amarelo.

No exterior, a melancolia sempre ameaçava se instalar, por falta de um evento que provavelmente restauraria o sabor e a cor à monótona sequência do passar dos dias. No meu caso, ele tomou a forma inesperada de um pequeno pacote despachado com seis selos do Senegal. Uma vez rasgado o papel de presente, encontrei uma caixa lacrada com fita adesiva em todos os lados; originalmente usado para guardar quatro baterias de rádio, reciclado para servir como um pacote. Dentro, uma pequena sacola de algodão costurada a mão, dentro da qual havia três sacos de plástico, cada um contendo um produto do meu país: alguns amendoins na casca, pasta de amendoim e um punhado de farinha de milho bem seca. Aquele pacote minguado, que faria muita gente rir, me encheu de alegria. O pequeno pacote significava que lá, no fim do mundo, no meio do Sahel, onde a areia queima a semeadura, onde os abutres são os únicos a se alegrar com a passagem dos rebanhos, lá, no ventre do Atlântico, onde só o sal é colhido em abundância, onde, então, seria mais prudente guardar os escassos bens do que dá-los, alguém pensou em mim com muito amor. Enquanto Madické, que fez de mim uma repórter de futebol, manteve o silêncio, os quilos de ternura recebidos através dessa correspondência inesperada encheram a tela da minha vida. Ninguém ensinou aos homens do nosso país que afeição não tira a virilidade de ninguém, que, ao contrário, ela dá alma à mais dura das personalidades. Se nos reunimos sob o baobá, não é apenas pela capacidade dessa árvore de resistir a tempestades, mas também porque é capaz de ganhar o verde novamente e espalhar a suavidade de sua sombra ao redor dela. Não é de se surpreender que na África as crianças sempre brinquem próximo das mulheres. Enquanto os durões as veem como plantas verdes, mães e irmãs derramam sua sombra graciosamente, cuidam dos frágeis brotos que, a partir dos sete anos, recusarão seus beijos para se tornar verdadeiros baobás da estação seca. Madické se tornara o que ele queria, um homem, e não gosta muito de garotas que vivem se lamuriando, nem de caras que reclamam muito, ele me disse. Eu sabia que meu tom ao telefone só pioraria as coisas, a menos que, pela primeira vez, ele aceitasse uma discussão entre iguais.

Naquele mesmo dia, à noite, enquanto tomava meu chá, estava quebrando a casca dos meus amendoins com lembranças e deleite, o telefone tocou. Ah, não! Agora, não! O toque era insistente, eu atendi.

— Oi, sou eu, Madické.

— Até que enfim você se dignou a me ligar! Olá, irmão! Anda, me diga logo, com quem você quer falar? Com sua passagem de avião para a França ou com sua querida irmã abandonada?

— É, eu sei. Perdão, mas eu estava muito ocupado: com uma Copa do Mundo como a que nós tivemos, não dava para perder nenhum jogo; os Sénefs estavam incríveis. No momento, estão em Dakar, mas logo voltam para a França, para os clubes. Eu gostaria muito...

— Olhe, não me aborreça com o seu velho refrão! Você gostaria muito de vir para a França! Então, venha logo, a igreja de São Bernardo vai ser a sua mansão. Que os Sénefs jogam na França, eu já sei, mas você e seus amigos só aprenderam isso durante essa maldita Copa do Mundo, é?

— Ei, espera aí! Eu ia dizer que gostaria muito, eventualmente, de vê-los jogar de verdade no estádio Léopold Sédar Senghor em Dakar, por exemplo. Quem está falando com você de ir embora? Talvez alguns amigos ainda pensem nisso, mas eu não estou mais interessado. Tenho muito trabalho na loja, o estoque tem de ser renovado constantemente; acho que vou ampliar a loja, está indo muito bem. Eu até aluguei uma boa TV, então todos nós assistimos à Copa do Mundo na minha casa. Olha, a vó pede notícias suas, você recebeu o pacote que ela mandou? Ela não para de falar em você, ela sente sua falta. Francamente, você deveria voltar, tem muitas coisas para fazer aqui.

Baixei meu tom de voz, emocionada. No nosso país, não se fala abertamente sobre amor, é necessário fazer com que ele brote nos corações, e abrir seus próprios canais para que ele flua, como os braços do Atlântico, em direção às terras sedentas. Então você tem que percebê-lo a partir de uma frase indireta, um olhar furtivo que se retrai suavemente, um sorriso discreto, um leve tapinha acariciando o ombro, demorando-se para terminar a última xícara de chá, sincronizando o passo quando levamos alguma pessoa querida em casa, todas essas coisas imperceptíveis a cinco mil quilômetros. Um ligeiro tremor revelado na voz do meu irmão, que em geral é firme, traiu tudo isso. Um baobá não se ajoelha. Contar que a loja — uma grande banca como um caixão em pé — estava indo bem, que a suas economias estavam crescendo foi a maneira que ele encontrou de me agradecer. Quanto à avó que perguntava por mim, mesmo que fosse verdade, era também um jeito de me fazer entender, sem passar por coração mole, que sentia minha falta.

— Diga a ela que eu vou em breve.

— Não estou falando de vir de férias, mas de voltar para sempre, para sua casa: suas raízes têm de cantar dentro em você.

— Eu adoro música, mas tenho medo de lobos.

— Tá maluca? Que lobos? Já não existem lobos nesse vilarejo faz o maior tempão; e, depois, nada pode impedir você de morar na cidade, pelo menos você estará conosco, no nosso país. Eu prefiro morar aqui, principalmente agora que tenho minha loja. É verdade que as pessoas compram muitas coisas a crédito, algumas vêm mendigar mesmo. O velho pescador, por exemplo, se acostumou a vir e se servir. Tudo de graça. Mas tudo bem, todo mundo se ajuda. Além disso, com um pouco de dinheiro, é possível ter uma vida boa aqui. Aí, você nunca vai se sentir realmente em casa. Você tem que voltar para casa. Se você tivesse que escolher entre os dois países, qual você escolheria?

— E você? Prefere cortar a perna esquerda ou o braço direito? — respondi, rindo.

— Não posso responder a essa pergunta — comentou soltando uma gargalhada.

— Pois, é. Eu também não.

—De qualquer maneira, você tem que voltar: aí, você sabe muito bem que nunca vai estar realmente em casa.

Para terminar a conversa no clima do bom humor, preferi evitar o debate e perguntar como andava a lojinha, e os planos de expansão. Acima de tudo, ele estava abarrotado de mensagens de afeto minhas, para cada membro da família mesmo sabendo que ele não iria transmiti-las. Ele diria sobriamente:

— Ela manda um abraço a todos e diz que está bem.

É assim que falamos daqueles que estão longe de casa, quando nos esquecemos de seu prato favorito, a música, as flores, a cor favorita, quando não sabemos mais se tomam café com ou sem açúcar; todas essas pequenas coisas que não cabem dentro da mala, mas que quando você chega você se sente em casa ou não.

    Estou em casa? Estou na casa do Outro? Sou híbrida, a África e a Europa se perguntam, perplexas, qual parte de mim pertence a elas. Eu sou a criança apresentada à espada do rei Salomão para a partilha justa. Constantemente exilada, passo minhas noites soldando os trilhos que levam à identidade. A escrita é a cera quente que eu despejo entre os sulcos feitos pelos construtores das meias-paredes em ambos os lados. Eu sou aquela cicatriz queloide que cresce onde os homens, ao traçar suas fronteiras, feriram a terra de Deus. Quando, cansado de mergulhar no descanso opaco noturno, as pupilas enfim desejam as nuances do dia, o sol nasce incansavelmente nas cores roubadas da doçura da arte para marcar os limites do mundo. O primeiro que disse: "Estas são minhas cores" transformou o arco-íris em uma bomba atômica e enfileirou os povos em exércitos. Verde, amarelo, vermelho? Azul, branco, vermelho? Arame farpado? Obviamente! Eu prefiro o malva, essa cor temperada, uma mistura de calor vermelho africano e frio azul europeu. Qual delas dá essa beleza à malva? O azul ou o vermelho? E, depois, de que serve perguntar se a malva combina com você?

    O azul e o vermelho, as músicas e os lobos, eu os tenho dentro da cabeça. Eu os levo para todo lugar comigo. Onde quer que vamos, sempre haverá canções e lobos, não é uma questão de fronteiras.

    Busco meu país lá onde se aprecia o ser-adicionado, sem dissociar seus múltiplos estratos. Busco meu país lá onde a fragmentação identitária está desaparecendo. Busco meu país lá onde os braços do Atlântico se fundem para criar a tinta da malva que transmite incandescência e doçura, o calor da existência e a alegria de viver. Busco meu território numa página em branco; numa caderneta, elas cabem numa mala de viagem. Então, onde quer que eu pouse minhas malas, estou em casa. Nenhuma rede impedirá as algas do Atlântico de navegarem e saborearem as águas pelas quais passam. Raspe, varra o fundo do mar, encharque em tinta de lula, escreva a vida na crista das ondas. Deixe soprar o vento que canta meu povo navegante, o Oceano embala apenas aqueles que ele chama, eu não conheço a amarração. A partida é o único horizonte oferecido àqueles que buscam os mil caixões onde o destino esconde as soluções de seus mil erros.

No rugido dos remos, quando minha vozinha-mãezinha murmura, ouço o mar declamar sua ode às crianças caídas da amurada. Partir, viver livre e morrer, como uma alga do Atlântico.

Esta obra foi composta em Arno Pro Light, para a Editora Malê e impressa na gráfica JMV em maio de 2025.